COLLECTION FOLIO

Philippe Claudel

J'abandonne

Gallimard

Philippe Claudel, écrivain et scénariste, est né en 1962.

J'abandonne, son quatrième roman, a obtenu le prix Roman France-Télévision en 2000.

J.-S. Bach, Prélude n° 3 en *do* dièse majeur *BWV 872,* *par Glenn Gould, sans cesse.*

J'ouvre les yeux.

Mon collègue est assis à côté de moi dans la petite pièce que nous appelons le confessionnal. *Nous avons eu des mots très violents il y a cinq minutes à peine. Il a du mal à calmer sa colère, à reprendre le visage que nous nous donnons lorsque nous recevons quelqu'un, un* client, *comme il dit : un visage lisse, d'où les sentiments de sympathie ou d'agacement sont l'un comme l'autre absents. Une femme nous fait face. Elle vient à peine d'entrer et nous venons de lui annoncer la nouvelle. Elle est restée debout trois ou quatre secondes, puis elle a mis sa main sur le dossier de la chaise que nous avions préparée pour elle, avant de s'y effondrer et de hurler.*

Nous sommes des *hyènes*. C'est le surnom que l'on nous a donné dans le petit cercle où nous exerçons. Je déteste ce nom. Il me fait mal jour et nuit. Notre tâche consiste à préparer les familles dont un des membres vient de décéder à accepter une demande particulière. Nous leur apprenons sa mort et dans le même temps ou presque nous tentons d'obtenir l'autorisation de prélever sur son corps de multiples organes.

Je doute que ce métier existe encore à ton époque, je veux dire quand tu auras vingt ans. Je doute qu'il existe tel que nous le pratiquons, presque en amateurs. D'ailleurs, l'administration peine à nous définir : sur ma fiche de salaire, il est écrit « psychologue », et sur celle de mon collègue « thérapeute ». Cela ne veut rien dire. Tout le monde aujourd'hui répugne à dire les choses par leur nom : un aveugle est un non-voyant, un animateur de télévision un artiste, bientôt les morts seront des non-vivants. Nous sommes des *hyènes*, voilà tout. Même si ce nom me dégoûte, c'est bien je crois celui qui définit le mieux ce que nous sommes.

La femme pleure. Elle nous regarde sans comprendre, la bouche ouverte, avec dans les yeux une grande question qu'il faut poser à Dieu s'il existe, mais pas à nous. Nous n'avons pas la réponse. Nous n'avons aucune réponse. Nous venons de lui dire que sa fille de 17 ans est morte il y a une heure trente-

quatre, dans l'ambulance du Samu, après s'être fait renverser par une voiture à la hauteur du 118 boulevard des Italiens. Elle venait de quitter son lycée.

Nous la laissons pleurer. Nous ne disons rien. Laisser pleurer, voilà notre méthode. Nous avons le temps.

Mon métier me fait mal. Trop de choses me font mal. Comme cette affiche que j'ai vue il y a quelques jours dans le métro, et que je ne pouvais pas ne pas voir parce qu'elle faisait environ quatre mètres sur trois. Elle représentait un grand slip d'homme en coton blanc côtelé : à travers le tissu on voyait très nettement la forme des testicules et celle de la verge en érection. Le slip blanc se détachait sur un fond noir. Il n'y avait rien d'autre : pas de ventre, pas de cuisses. Seul le slogan, « *Bigard met le paquet* », venait donner une explication à l'image. Une explication grotesque et vulgaire, une sorte de pornographie de la bêtise que l'on m'impose et dans laquelle on m'oblige à sombrer avec des millions d'autres. Tout cela me donne le sentiment d'être un étranger, un homme qui ne reconnaît plus les routes, les chemins où ses semblables chaque jour se pressent. Je crois que je ne veux plus les suivre.

Tu viens d'avoir vingt et un mois. Tu as des yeux d'agate qui bougent sans cesse, comme s'ils voulaient ne rien perdre, tout voir, tout saisir de ce qui t'entoure. Et moi, il me semble que je te fuis de jour en jour alors que tu demeures ma seule et grande merveille. Ce matin je t'ai embrassée et j'ai songé en t'embrassant que je n'allais peut-être plus jamais te revoir. Tu es encore bien trop faible, malgré ta beauté et ta candeur, face à cela.

L'affiche que j'ai vue dans le métro est une publicité pour un spectacle. Celui qui *met le paquet* est un comique que j'ai entendu il y a quelques semaines dans une émission de télévision tandis que je te donnais ton dessert. Il y parlait de son goût pour la « salope sauvage » qu'il trouvait bien meilleure que la « salope d'élevage » et prévenait le public qu'il fallait se méfier, bien regarder, sentir surtout, car « la salope sauvage » a un sacré fumet tandis que « la salope d'élevage » n'a qu'un parfum frelaté, ne gigote pas assez, n'a pas la gorge suffisamment profonde, se fatigue vite.

Le public dans le studio d'enregistrement riait aux larmes. Tous ces gens étaient heureux de passer à la télévision et avaient mis leurs habits du dimanche. Le moment était enregistré par d'infinis magnétoscopes et la cassette repasserait pendant des années, lors de soirées nostalgiques et de fêtes familiales. Les femmes riaient aussi, sans se demander dans quelle catégorie le comique les plaçait, « salope sauvage » ou « salope d'élevage ».

Le présentateur riait beaucoup. C'était son métier. Il avait le même rire depuis des années, un rire qu'il paraissait sans cesse forcer, ce qui paradoxalement avait fini par le rendre très naturel. Je crois qu'il s'agissait de Michel Drucker mais je n'en suis pas vraiment sûr car comme je te donnais à manger en même temps et que tu n'as jamais faim, il me faut inventer des histoires et des livres pour te distraire de la nourriture que tu refuses d'avaler. Mon attention n'était donc pas très vive.

À ses côtés, un chanteur, Jean-Jacques Goldman, riait aussi de la répartition des femmes en deux catégories de « salopes ». C'est le même homme qui fait des tournées pour récolter de l'argent pour les *Restos du cœur*. Avec d'autres chanteurs et artistes, il donne des spectacles humanitaires pour permettre à ceux qui ont faim, vieillards, hommes, enfants, femmes, salopes ou non, de manger pendant l'hiver.

Je viens d'avoir trente-trois ans. Tu m'as regardé ce matin avec tes yeux immenses tandis que je m'apprêtais à partir. Tes petites mains m'ont caressé la joue. Tu avais encore un peu de bouillie aux coins des lèvres, de la bouillie qui sent la pomme et la cerise et qui m'est restée sur le nez lorsque tu m'as embrassé. Tu as ri très fort. Et moi je me suis demandé dans quel monde je te précipite, alors que je m'enfuis.

Quand je suis descendu l'autre jour du métro à Châtelet et que j'ai vu en face de moi cette grande affiche, je suis resté sur place, sur le quai, sans bouger. Je ne sais pas combien de temps. J'ai eu envie de pleurer car j'avais honte soudain, comme si j'étais responsable à moi seul de cette obscénité.

Je ne ressentais aucune agressivité et je m'en étonnais. Il m'aurait été tellement plus agréable de détester l'homme qui avait pensé l'affiche, de puiser la force de continuer dans la détestation de celui qui avait conçu le spectacle, le slogan, pris la photographie, dit au mannequin « Mais non, Coco, c'est trop mou, on les voit pas assez tes couilles, excite-toi un peu, bordel, pense à des salopes, sauvages ou d'élevage, comme tu veux, il y en a plein les rues, et replace-moi ta bite, tu veux, elle va un peu de travers, il me la faut bien droite, droite je te dis, et raide ! ».

Je ne sais pas ce qui m'a pris soudain, à penser ainsi, à penser tout cela face à cette affiche, par vagues, par vagues immenses qui sortaient de moi comme d'un égout.

Depuis quelque temps, je ne vois pas les mêmes choses que les autres, je ne les lis pas de la même façon. Mon collègue me dit, « Tu déconnes à fond ». Une nausée m'est venue, la nausée de ma vie entière, et j'ai vu ton visage d'ange mat, la forme de tes menues épaules et j'ai senti ton parfum de naissance, toi qui il y a peu étais encore dans l'obscure tiédeur de la nuit d'avant, la plus belle, celle vers laquelle il me plairait tant de revenir.

J'ai titubé sur le quai, face à l'affiche où l'énorme slip bosselé m'est apparu comme le linceul d'une vie ancienne.

Je me suis dit que je ne pouvais plus continuer. L'affiche m'a fait comprendre que ce monde n'est plus le mien, que je n'y ai plus de place.

Une femme s'est arrêtée, la cinquantaine, un peu lasse, avec des yeux qui se voulaient proches des miens. Elle m'a dit quelques mots que je n'ai pas compris. Elle a mis sa main sur mon épaule. Mon front était couvert de sueur. Elle m'a tendu un mouchoir en papier. Elle l'a glissé dans ma main, et puis elle est partie.

La femme qui est en face de nous en ce moment lui ressemble un peu, je crois. Elle pleure. Elle aussi a un mouchoir dans ses mains. Elle le tord, le presse, comme un petit corps. Elle le déchire, sanglote. Mon collègue ne s'est pas encore calmé. Je vois ses mâchoires qui se contractent. Ses mains se crispent sur les tubulures en métal de sa chaise. Je ne sais pas comment tout cela se serait terminé, par des coups peut-être, si la femme n'avait pas effleuré la porte du confessionnal. Il était prêt à me frapper. Il avait déjà saisi sa chaise et l'avait brandie au-dessus de ma tête en me traitant de « crevure ».

Beaucoup de choses se heurtent dans ma tête. C'est un confus mélange. J'essaye d'y mettre de l'ordre. C'est bien difficile. Hier soir, quand je suis rentré à l'appartement, tu dormais. Lorsque tu dors, je crains toujours que tu ne meures, et en même temps parfois je l'espère. J'aurais ainsi moins de mal à partir moi-même. Nous serions enfin de nouveau tous les trois réunis. Je t'ai regardée longtemps, sans un bruit, dans l'ombre bleue de ta chambre. Tu avais un bras tendu près de ta tête, et tes doigts par moments bougeaient comme s'ils cherchaient à saisir des morceaux de rêve. Je t'ai embrassée sur le front, trois fois, et puis j'ai refermé la porte.

La baby-sitter était étendue sur le canapé du salon et regardait des clips où des chanteurs avaient des gestes de pantins en montrant des cars de police calcinés. Les paroles des chansons disaient que la « société [était] trouée » et que « les *keufs* [étaient] à déchirer », que « les bourgeois ne [savaient] que bouffer », et qu'il fallait tous « les enculer ». La baby-sitter secouait sa tête au rythme de la musique et répétait quelques paroles en fin de couplet « trouée... déchirer... bouffer... enculer ». Elle avait mangé des hamburgers et des frites et la pièce était pleine des relents d'oignons, de graisse froide et de sauce. Sur l'écran, les membres du groupe se trémoussaient toujours, et palpaient leurs sexes au travers de joggings d'une éclatante blancheur.

« Ah c'est vous! » Elle s'est assise, m'a souri, et j'ai vu une fois de plus ses canines inférieures sur lesquelles elle a fait graver deux serpents qui montrent leurs crocs. Elle m'a donné de tes nouvelles : « Ah, j'vous dis pas, la p'tite était *véner* à *donf* ce soir, elle m'a fait une vraie daube avant de dormir! J'sais pas pourquoi! et puis elle s'est *prozac* d'un coup sur le canapé quand y'a eu Joe Star à la télé, y déchire trop ce mec, d'la balle!, il l'a tendue la *young*! d'la bombe! Bon... Je m'arrache! J'veux pas les rater! On est vendredi vous savez! »

Oui, vendredi. La baby-sitter s'est levée, a ramassé ses rollers, m'a laissé les déchets de hamburgers et le reste de frites froides sur la table du salon. Je l'ai raccompagnée jusqu'à la porte et lui ai donné le billet de cent francs qu'elle avait gagné en mangeant des aliments aux odeurs douceâtres, en jetant un œil de temps à autre sur toi tout en écoutant des chansons de rap.

J'ai fermé la porte en me demandant comment elle pourrait bien les rater, ses dix mille semblables venus des quatre coins de Paris et qui chaque vendredi patinent durant des heures les uns à côtés des autres, encadrés par la police et par des ambulances.

Je les ai vus une fois, il y a cinq semaines. Je ne savais pas que cela existait. Le grand anneau mouvant est passé devant moi, sur le boulevard de Sébastopol, comme une armée d'un âge futur, casquée de plastique fluorescent, les genoux et les coudes grossis de protections solides. Il n'y avait, me semble-t-il, aucune parole, seulement le sifflement doux des milliers de roues sur le bitume, et le bruit de la cadence régulière.

Car tout était régulier en eux, régulier et en même temps exalté, à l'image de leurs yeux tendus vers le dos de celui qui les précédait. C'est bien cela qui m'avait fait peur, qui m'avait glacé, cet ordre, cette discipline et ce plaisir muets. Je m'étais dit que le grand serpent hebdomadaire pouvait aller dans Paris ainsi tout aussi bien que vers une fosse, et que chacun de ceux qui le constituaient ne dirait rien, vraiment rien, en tombant. Il m'avait alors semblé voir un immense troupeau sous l'emprise d'une drogue inconnue. J'avais pensé à de très petites créatures, à des soldats mécaniques pour l'instant sans fusil, et qui allaient d'un pas nouveau célébrer le culte d'un chef encore absent.

J'en avais été effrayé. Terriblement. « Tu es bien con, m'avait dit mon collègue plus tard, ça doit être sympa, on doit y faire des rencontres ! » Des rencontres à dix mille.

Il m'avait fallu entrer dans un bar pour y boire quelque chose de fort. La serveuse m'a servi une *Suze*. « Vous avez une tête à boire de la *Suze* ! » m'a-t-elle dit alors que je ne savais pas quoi choisir. J'ai bu l'amertume en fermant les yeux. J'ai vu des prairies, des alpages parsemés de fleurs jaunes. Ta mère aimait beaucoup les gentianes. Elle disait que c'était des fleurs abandonnées, et que c'était bien injuste.

Le cortège serpentin était précédé par les gyrophares des voitures de police qui ouvraient la route à moins qu'elles ne fussent là que pour l'encadrer, le diriger, en faire ce qu'elles voulaient. Et puis derrière, tout à la fin, les ambulances des pompiers ramassaient les blessés, pansaient les genoux meurtris, les crânes bosselés, enlevaient les morts peut-être, tant je me persuadais qu'il devait y en avoir, et qu'on les cachait ceux-là, très vite, sous les plaques d'égout ou dans les pissotières en plastique que Jean-Claude Decaux a vendu à toutes les mairies de France pour remplacer les élégantes vespasiennes en fonte et fer forgé qui n'existent plus que sur les très anciennes photographies de Marville.

Des larmes grosses et lourdes coulent sans interruption sur le visage de la femme assise en face de nous.

Je les vois se former sur le bord inférieur de l'œil, et puis rouler sur la pommette, se perdre sur les joues en y laissant des sillons luisants. Elle regarde à terre, comme si le sol était à une distance incommensurable. Mon collègue décroise ses jambes, les recroise, lentement, en veillant à ne pas froisser le pli de son pantalon. Il a cessé de contracter ses mâchoires comme s'il voulait les briser mais je vois à quelques signes, un petit tic aux commissures des lèvres notamment, qu'il est toujours dans le souvenir de notre dispute.

La serveuse a fini de verser dans mon verre la bouteille tout en allumant une cigarette, une Gitane sans filtre. Ton grand-père en fumait. Il en est mort il y a longtemps. Je n'étais moi-même qu'un enfant encore mais je me souviens de ses mégots qui sentaient le tabac et l'urine, et dont le papier déteignait contre les sachets de tisane dans un cendrier offert par la marque *Ricard*. Nous habitions le Vingtième arrondissement, rue des Amandiers : elle n'existe plus. En tout cas pas comme lorsque j'avais cinq ans et que je courais sur ses pavés avec trois ou quatre gamins, à en faire trembler les murs. Beaucoup d'immeubles ont poussé ensuite entre les gravats et les friches, derrière des palissades qui cachaient comme elles pouvaient des verrues urbaines et des spéculations. Le quartier s'est paré de façades uniformes. Je n'y vais presque plus. Mon passé perdu n'est qu'un grand dépotoir.

« Je vois bien dans tes yeux que tu veux me baiser » m'a dit la serveuse tandis que je pensais à mon enfance saccagée, à ton petit ventre que tu fais onduler comme un contorsionniste tandis que je te change, à un ciel de mai au-dessus du Père-Lachaise quand j'avais dix ans et qu'un copain m'avait entraîné vers des tombes fraîchement remuées dont il m'assurait qu'elles devaient « sentir le cadavre ». La mort nous attirait alors. C'était pour nous une merveille étrange.

La serveuse avait un visage de pavot fané. L'alcool et la fumée craquelaient mes lèvres. Au-dehors, les dernières ondulations du grand anneau des rollers avaient disparu et les voitures reprenaient leur domaine.

Il n'y avait plus aucun autre client. Elle a tiré le rideau de fer. Je l'ai suivie dans les rues jusqu'à sa chambre à Vincennes. Nous avons marché des kilomètres. J'étais ivre. J'avais froid. J'étais perdu dans ma douleur. Je pensais à ta mère. Nous avons ainsi traversé Paris sans rien nous dire. Parfois, sur le trottoir de grands cartons découpés remuaient faiblement. Des personnes dormaient ainsi dans ces drôles de couvertures. Il y en a des milliers dans Paris.

Nous avons mêlé nos corps sans dire plus de

mots, dans un lit creusé en son milieu. La serveuse a gardé ses yeux fermés comme si elle pensait à un autre pendant que je venais en elle. Moi je contemplais sur le mur le visage en sueur de Johnny Hallyday. C'était comme un Christ moderne sans couronne d'épines, et avec une guitare pour toute croix. En dessous du visage était écrite la phrase suivante : « Allumer le feu ! » Je n'ai rien allumé du tout. J'ai fait des gestes qui m'ont côuté. J'entendais au dehors les cris de deux Arabes qui s'insultaient dans leur langue de sable.

Tu verras, ce peut être très beau l'amour, ou très insignifiant, comme une dentelle qui rehausse un tissu et le rend magnifique. Ce soir-là, c'était très laid. Mais ce n'était pas l'amour. Tout juste un essoufflement, une méprise. La serveuse s'est redressée dans son lit. Elle a ramené le drap sur ses seins, a saisi le paquet de Gitane et la fumée lourde a envahi la petite chambre. Elle m'a regardé, et puis m'a dit :

« Un peu étroite hein ? Mais tu m'as fourré comme un chef quand même... Eh tu sais, fallait pas te gêner, t'aurais pu me sodo, *no* problème... t'en fais des yeux ! Tu pannes pas ? Sodo, *sodomiser*, *enculer* quoi ! mais *enculer* j'aime pas le mot, ça fait vulgaire... Ah t'es un bizarre toi ! Tu débarques d'où ? de Mars ? Remarque j'ai jamais baisé avec un petit homme vert, c'est peut-être géant ! J'suis

étroite de la chatte mais je suis large d'idées tu sais!
Au fait, quel âge tu me donnes, hein, allez va...
dis voir, allez dis! J'suis sûre que tu trouveras pas...
Non mon gars, dix de plus, ouais dix bien tapés, en
tout je frise de deux mois le demi-siècle, t'aurais
jamais cru! Et tout ça c'est grâce à mon abon-
nement au Gym-club, j'ai signé pour quatre ans,
je paye par mensualités, 170 balles, honnête non?
et puis, bon, je te cache pas, c'est aussi grâce à
Slim Fast, je bouffe que ça, trois par jour, arôme
chocolat, c'est celui que je préfère, regarde mon
ventre, une limande! T'en veux un? »

J'avais dit un âge au hasard. Pour ne pas la vexer.
La peau de son ventre dessinait un réseau de dunes
froissées par le vent. Les mots qu'elle utilisait me
blessaient plus que des coups de poignard. Et
toujours pour ne pas la vexer, je me suis retrouvé
au bord du lit à boire une pâte brune avec une
paille, qui sentait tout sauf le chocolat, et qu'elle
m'avait préparée dans un mazagran en terre cuite
sur lequel était écrit « *Souvenir de Vallauris* », et
qui était ébréché. Je me faisais honte. Le visage de
ta mère venait vers moi couvert de larmes tandis
que je buvais la mixture pour ventres plats, et le
tien aussi de visage, rieur, apparaissait dans la
chambre sordide, et tes petites mains, ta voix de
sucre d'orge, ta maladresse.

Soudain j'ai regardé la serveuse comme on

regarde un monstre à plusieurs têtes, un accident de la route, un corps sans visage, sans bras et sans jambes qui aurait été repêché d'un canal aux eaux grasses. J'ai pris mes affaires. J'ai regardé aussi le visage trempé de Johnny Hallyday et j'ai commencé à penser que je ne pouvais plus rien faire de moi-même dans ce monde, et que tu n'étais peut-être pas assez forte pour me tirer vers toi.

La serveuse a commencé à chantonner, tout en battant la mesure avec sa cigarette dont la cendre tombait sur les draps que j'ai découverts à ce moment chiffonnés et ternes comme des peaux de vieillard malade, incontinent, troué d'escarres.

Je suis sorti comme on sort d'un cauchemar. Je pensais aux draps blancs, immensément brodés dans lesquels je t'avais couchée avant de t'abandonner seule dans l'appartement pour marcher dans Paris et dans quelques souvenirs. La serveuse m'a dit en me souriant que je savais maintenant où la baiser, quand je le voudrais, et que je pourrais vraiment tout faire, *tout*, a-t-elle dit en passant sa langue sur ses lèvres et en riant, ni belle ni laide, ni jeune ni vieille, puis elle a posé deux de ses doigts sur ma bouche avec une grande délicatesse.

Là encore, je n'ai pas osé dire non. Je lui ai souri, ou plutôt j'ai souri à ton visage que je tendais comme un astre devant tout ce que je voyais, la chambre sale, le poster du chanteur en transe aux cheveux décolorés, le lit où avaient dû peiner bien des corps d'hommes, la douche qui fuyait avec son rideau à moitié déchiré, le linge sale qui s'accumulait dans une bassine à côté des tubes de maquillage et des boîtes éventrées de tampons hygiéniques, et je me suis dit que tu étais bien trop belle pour tout cela, que je n'étais qu'un salaud de t'avoir fait venir à la lumière, qu'un jour tu m'en voudrais, quand plus tard l'armée des rollers imposerait sa loi, sa laideur, sa communion artificielle dans une joie fabriquée, de façon hebdomadaire, sous surveillance policière, dans un pays qui a réussi à faire croire à beaucoup qu'ils usaient de la plus grande des libertés, celle la nuit de fouler en roulant les rues de sa capitale, quand ce n'était alors que la pire des servitudes.

Je suis rentré comme un voleur dans l'appartement. Tu dormais d'un sommeil d'ange qui suce son pouce et se bat dans la nuit contre des ours en peluche et des dragons de papier. Tu n'en avais que faire de tout cela. Rien pour toi n'existait encore vraiment hors ma voix et mon odeur. Je me suis glissé dans les draps sans faire de bruit. J'ai retrouvé ma solitude. Mes mains me brûlaient. C'était la première fois que je touchais le corps d'une femme depuis que ta mère était morte. Car elle est morte. Elle est morte, et moi je suis à peine vivant, il me semble. Je continue un peu seulement.

La femme qui nous fait face vient de pousser une longue plainte. Maintenant elle sanglote, elle prend son visage dans ses mains. Ses yeux ne nous regardent plus. Ils se sont retirés. Ils sont tournés à l'intérieur d'elle-même. Je les imagine tendus vers les dernières images de sa fille, telle qu'elle l'a vue pour la dernière fois, ce matin peut-être, ce matin sans doute, alors que l'adolescente s'apprêtait à partir au lycée, et elle aux Galeries Lafayette où elle travaille, rayon parfumerie. Nous sommes peut-être partis tous les deux à la même heure. Nous avons peut-être embrassé nos filles au même moment. C'est peut-être elle qui m'a tendu un mouchoir l'autre jour sur le quai du métro, tandis que j'étais hagard face à l'affiche. Pendant longtemps, je n'ai jamais vraiment prêté attention aux clients qui s'assoient face à nous. Je m'efforçais de ne pas entrer dans leur vie, d'être au dehors de leur douleur. Mais aujourd'hui je regarde et je vois cette femme, sa peau rougie, son Rimmel qui se perd en paillettes dans les petites rivières de larmes qui roulent jusqu'à sa bouche. J'entends son souffle, haché, qui s'épuise, reprend, se lance et s'abandonne.

Quand je suis arrivé dans notre bureau ce matin vers 9 heures, mon collègue était déjà là. Il buvait son premier café. Notre bureau se trouve juste à côté du *confessionnal* où nous recevons les gens.

Mais le *confessionnal* possède des murs nus, et seulement quelques chaises, alors que mon collègue a décoré notre bureau, « pour que ça fasse moins sinistre! », avec une photo prise au bord d'une piscine d'un village de vacances, une photo de sa femme en string et lunettes pour éclipse solaire. Il a aussi rapporté un cactus du même village de vacances et il l'a posé à côté du téléphone, sur le meuble où nous mettons nos formulaires. C'est ce téléphone qui nous avertit que quelqu'un est mort. Une voix nous donne le nom de la personne décédée, le nom du proche parent à avertir, un numéro de téléphone, celui de son domicile, ou celui de son lieu de travail.

Nous avons appelé la femme qui nous fait face sur son lieu de travail, à 15 heures 07. C'est moi qui l'ai appelée. Nous tirons au sort chaque matin : j'avais perdu. Je lui ai dit ce que nous sommes toujours convenus de dire. Nous disons à la personne que sa fille, sa femme, son mari, ou son fils vient d'avoir un accident grave, et qu'il faut venir le plus vite possible à l'hôpital. Nous ne disons jamais que la victime est morte, bien qu'elle le soit toujours à partir du moment où on nous téléphone, et qu'ensuite nous téléphonons. Mais nous ne le disons jamais : mon collègue appelle cela de la pudeur. Ce n'est qu'une stratégie cynique.

Tandis qu'il buvait son café dans un gobelet en

plastique qu'il faisait craquer entre ses doigts, j'ai raconté à mon collègue l'armée des rollers, la serveuse, la baby-sitter, le slip du métro.

« Arrête... Mais qu'est-ce qui te prend de me sortir tout ça, tu mélanges tout ! Tu ne tournes pas rond, mon vieux ! Il y a une semaine, il a fallu que j'aille te chercher, la gueule en sang, au commissariat pour je ne sais plus quelle embrouille à la Fnac, l'autre jour on discute football, tu me traites de criminel et de facho, hier tu viens comme un clochard, trempé, à me parler de tes femmes yougoslaves et des Iraniennes, et là tu me dis que tu es resté cloué il y a cinq jours devant une affiche ! Reprends-toi, va chez un toubib ou prends des vacances, tu plonges là, tu plonges, qu'est-ce que tu cherches ? Tu te crois malin ? Tu te crois le seul à souffrir ? Écoute, va voir mon ostéopathe, il est sénégalais mais il fait des miracles, ou alors, si tu veux, je te donne l'adresse du village-club où on était avec ma femme, qu'est-ce que tu en penses ? »

Il essayait de me dire cela en souriant encore de temps à autre. Il me parlait comme à un malade qui agace et irrite son entourage au point que l'on souhaite ne plus l'entendre, le faire taire, l'éloigner.

Il a terminé son café et broyé son gobelet dans sa main avant de le lancer dans la poubelle. Il a raté la poubelle, a dit « merde, c'est pas le jour ! ».

« Et puis tu sais, a-t-il continué après un temps,

en se servant un autre café et en me soufflant dans le nez son haleine amère et détestable de buveur de café noir qui me fait toujours croire que je respire les miasmes de son ventre, moi tu sais, a-t-il dit, l'affiche de Jean-Marie Bigard, moi aussi je l'ai vue, on ne peut pas ne pas la voir en ce moment, il y en a partout dans le métro, eh bien elle me fait rire cette affiche, parce que, toi tu ne l'as peut-être jamais vu, Bigard, mais c'est vrai que sur scène, il le met lui *le paquet*, ce n'est pas comme d'autres qui sont trop payés et qui ne font plus rire personne ! »

Il était content de lui, de l'effet qu'il essayait de produire sur moi, un peu comme je l'imagine le toucheur de bœuf regarde la réaction de l'animal après l'avoir piqué avec la pointe de son bâton. Il a roté. Il rote souvent. Toi aussi, mais tu as vingt et un mois, et lorsqu'on a ton âge, ce n'est pas un signe de grossièreté mais une musique drôle, dont on rit, que l'on attend, le langage d'un corps qui se forme et se nourrit. Il a roté une deuxième fois et puis il a repris :

« Au fait, comme ça juste pour savoir, il est où exactement ton bar avec la serveuse qui... la serveuse... qui aime bien Johnny ? »

J'ai laissé parler mon collègue, sans vraiment entendre ce qu'il me disait. Ses lèvres bougeaient mais je ne saisissais plus ses mots.

La femme a fait craquer sa chaise. Et ce craquement l'a surprise. Elle a haussé les épaules, comme si elle répondait à un reproche non formulé, venu de très loin, ou qu'un remords venait tourner autour d'elle pour la griffer.

L'après-midi avance. Quelle heure est-il au juste ? Tu dois être en ce moment dans ton lit. C'est la fin de ta sieste. Tu es réveillée sans doute. Tu dois jouer avec ton lapin, celui qui a des grandes oreilles pendantes, et avec lequel tu dors souvent. Je t'ai vue une fois lui parler comme s'il s'était agi d'un camarade. Tout avait l'air très sérieux dans ce que tu lui disais et en même temps infiniment doux.

Avant-hier soir, quand je suis rentré, tu m'as pris par le cou et tu m'as murmuré « *Mon* papa », pour la première fois, non pas « papa » que tu dis depuis si longtemps, mais « *mon* papa », et puis tu es partie dans le couloir en trottinant, tes petites jambes encore maladroites, les pieds nus, le body de coton blanc dégrafé, la couche de travers. J'ai posé mon sac dans le couloir, ma fatigue et bien d'autres choses, et la baby-sitter est venue vers moi.

La femme en face de nous vient de prononcer un prénom, doucement, puis elle le redit encore. C'est le prénom de sa fille. Elle le dit sans crier, sans hurler, comme dans un murmure. J'ai l'impression qu'elle lui parle, qu'elle revient vers elle soudain. Elle a déchiré le mouchoir en une petite neige lourde qui est tombée à ses pieds. Mon collègue paraît s'être enfin calmé. Je me demande à quel âge la fille de cette femme, qui vient de mourir à dix-sept ans, a dit pour la première fois, « Ma maman ». Je suis sûr que cette femme s'en souvient. Comme je suis sûr qu'elle n'est plus dans cette pièce, devant nous, mais qu'elle va dans les années de la vie de sa fille, qu'elle les remonte, recoud les moments graves avec les instants de bonheur tout en pleurant sans même s'en rendre compte.

La baby-sitter a parlé très fort parce que le walk-man qu'elle avait sur les oreilles braillait tellement qu'elle n'entendait pas sa propre voix. J'ai pensé que les écouteurs lui pompaient le cerveau, le lui aspiraient lentement et le recrachaient à l'air libre en millions de molécules transparentes, que tout à l'intérieur était sucé par sa musique de violence, de macadam, de palissades, de tessons de bou-teilles. Elle avait un nouveau *piercing* en dessous de la lèvre inférieure, c'était le deuxième à cet endroit-là, ce qui fait au total six poinçons répartis entre langue, sourcils, nez et lèvres, sans compter celui qu'elle a tenté de se faire mettre sur le front mais qui a été vite enlevé parce que tout cela commençait à s'infecter et qu'un gros bouton rose avait englobé la minuscule tête d'argent.

Elle m'a hurlé au visage que tu avais été sage, pas de « pétages de plomb », pas de « daubes majeures » qu'elle t'avait fait manger un morceau de *Pizza hut*, et que tu aimais déjà le *Coca*, et que ça, « c'était trop puissant, trop *top*, trop tout » et que c'était « d'la balle, oui vraiment d'la balle ! », tout cela en écoutant sa musique et en faisant « tchou tchou tchou tcha » tous les trois mots qu'elle vociférait, heureuse finalement que tu te fondes déjà dans un paysage d'uniformité, et que tu boives le lait pétillant de la grande nourrice d'Atlanta.

Et puis elle est sortie, pour une rave dans un *squat* du Onzième, « totale défonce ! » m'a-t-elle assuré, et moi je lui ai souhaité une bonne soirée en refermant sur nous deux la porte et le monde, en te prenant trop fort dans mes bras, à t'étouffer, à te faire presque pleurer. J'ai pensé à ta mère. Je ne cesse de penser à ta mère, malgré tous mes efforts d'oubli. C'est bien cela qui me perd. Tu sentais le petit pot saumon-haricot vert, et tu m'as dit une fois encore « *Mon* papa », et j'ai pleuré dans ton cou sans que tu en voies rien.

Tu commences à jouer à la poupée. Tu es une femme, une femme pure de vingt et un mois qui me chatouille le menton, prend mon rasoir, se cache entre le mur de la cuisine et le réfrigérateur, et il faut que je fasse semblant de t'avoir perdue, il faut que je fasse semblant de te chercher, d'avoir peur de t'avoir perdue. Tu sors de ta cachette et tu ris, tu fais le loup « hou... hou » et tu ne comprends pas pourquoi des larmes me coulent des yeux quand je te regarde. Tu mets le doigt dans les petites gouttes de sel. Tu les portes à la bouche. Tu fais une grimace. Tu dis « pas bon *mon* papa, pas bon ! ».

C'était mon anniversaire il y a quelques jours. Je n'ai pu t'offrir que ce père qui se lamente et se regarde dans une glace en croyant voir un visage creux et sans âme. Que te dire sinon que je n'ai plus de force. Qu'il me pèse de respirer, de marcher, de quitter l'appartement. Que je souffre de descendre dans la vie. Que ta mère en partant m'a emmené à demi avec elle. Que ta petite main est belle mais trop petite il me semble pour retenir la mienne.

Quand la baby-sitter est revenue hier matin, après sa nuit électrique, tu as fui. Elle t'a fait peur. Elle sentait la sueur, la fatigue, la bière. Elle ne s'était pas changée depuis la veille. Ses yeux étaient tirebouchonnés de charbon. Elle ne m'a rien dit, pas un mot, t'a prise dans ses bras, t'a arrachée à moi, puis a fermé la porte. Je suis sorti dans le monde des flaques et des averses.

Au coin de la rue, la marchande de roses avait

rabattu un auvent rayé vert et rouge sur ses fleurs. Elle s'était emmitouflée dans un grand plastique transparent et lisait *Ici Paris* : en couverture Céline Dion déclarait qu'elle s'arrêtait de chanter par amour pour René, avec lequel elle vient de se marier pour la seconde fois. Je l'en ai remerciée du fond du cœur, me disant qu'enfin j'entendrais peut-être un peu moins son fade sirop d'érable que toutes les radios font couler à flots depuis des années, et du même coup j'ai remercié aussi René, ce gros barbu mystique qui porte des chemises blanches sans col, une queue de cheval poivre et sel, et ressemble un peu à Paco Rabane, le prédicateur de fin du monde, René malade dont la planète entière suit l'évolution du cancer qui le ronge, de magazines en émissions de variétés, chaque semaine, heure après heure.

À l'enterrement de ta mère, pendant que nous étions au cimetière, la voix hurlante de Céline Dion s'échappait d'une fenêtre d'un immeuble. Une femme dans l'appartement dansait seule au son de la musique qu'elle avait poussée à fond. Je m'en souviens.

Dans la rue il pleuvait trop fort. Je ne voyais plus guère le ciel. Les klaxons se mêlaient au brouillard des gaz d'échappement. J'avais les cheveux déjà trempés ainsi que les pieds.

Pour mendier, des femmes yougoslaves avaient

déposé sur les trottoirs leurs enfants endormis : « Elles les matraquent de médicaments! » m'a dit mon collègue. On dirait de petits morts tant ils sont blêmes malgré leur teint de pain d'épices et leurs grands cils noirs. Ils ont les mains ouvertes. Leurs mères portent des fichus de couleurs et de lourds jupons. Elles parlent la langue d'un pays défunt. Elles tendent des mains. Un homme est passé près d'elles et a craché dans une des mains ouvertes. Elles ont hurlé. L'homme s'est retourné et leur a montré le majeur dressé de sa main droite. On appelle cela *faire un doigt*. L'expression est immonde, comme le geste. Je n'ai jamais supporté la laideur.

Les femmes ont hurlé plus fort. L'homme est revenu vers elles et les a traitées de « saloperies », de « sales chiennes », d'« enculées ». Un cercle s'est formé, qui a regardé l'homme dans son costume impeccable insulter les femmes yougoslaves. Les enfants dormaient toujours sous la pluie qui collait leurs cheveux contre leurs fronts. L'homme les a traitées de « pourritures », de « suceuses de nœuds », de « putains de Sarajevo » et leurs enfants de « bâtards ». Je me suis approché de lui, je me suis approché si près qu'il a cessé de crier et m'a regardé, étonné, et j'ai tenté de l'embrasser sur la joue, comme on embrasse celui qui s'est perdu et qui n'a plus sa raison.

Il m'a repoussé avec rage et je suis tombé à terre. Un peu de sang a coulé de ma lèvre.

« Tu vas pas virer pédé à ton âge » m'a dit mon collègue quand je lui ai raconté ce que j'avais vu, ce que j'avais entendu, ce que j'avais fait.

J'étais à terre, les yeux sur le sol, et je ne voyais plus rien qu'un petit filet de sang qui s'en allait vers l'eau d'une flaque et je sentais près de moi la chaleur des enfants qui dormaient pour quelques francs. Leur chaleur avait des parfums de cumin et d'urine, de linge peu lavé, de laine tissée et de suint. Je suis resté à terre, et j'ai senti le goût du sang dans ma bouche. Je ne voulais plus me lever. J'entendais des rires, des pas qui s'éloignaient. Le sang se mêlait à l'eau et à mes larmes. Je songeais que tu devais être en train de regarder des livres d'images, habillé encore de ta grenouillère en pilou sur laquelle une souris rose tient par le cou une souris bleue, et l'embrasse, tandis que la baby-sitter s'était sans doute rendormie près de toi, épuisée par sa nuit peuplée d'acides et de martèlements. Tu regardais des livres de fausses images qui présentent un monde de rires, d'animaux joyeux, de fermiers rebondis qui vont aux champs sur des tracteurs vernis, par les chemins d'une campagne douce et verte cousue de pâquerettes et de rossignols, autant de mensonges que tu ignores encore tandis que je te laisserai pour grandir des sols rongés de pesticides et des forêts en ruine.

La femme se baisse pour prendre son sac à main. Elle ne l'ouvre pas, le serre contre elle. Elle le presse contre son ventre, doucement.

J'étais toujours à terre et j'avais froid. Le sang ne coulait plus. Les femmes yougoslaves me lançaient des coups de pied et me faisaient comprendre que je les gênais, qu'on ne leur donnerait jamais rien si je restais là par terre, comme mort, les yeux grands ouverts. Les enfants dormaient toujours. Ils ne s'étaient aperçus de rien.

Je nous ai imaginés tous deux ainsi, dans la rue, contre l'asphalte, toi dormante-mourante, moi te fermant les yeux, appelant les passants, leur criant de s'arrêter. Puis devant leur indifférence, m'endormant et mourant avec toi. Car aujourd'hui, les gens s'arrêtent pour jouir des malheurs d'autrui, de la vue des chiens gémissant dans leurs derniers spasmes, des corps disloqués dans des tôles de voiture, mais ils continuent d'avancer lorsqu'on les implore. Ils n'entendent pas quand on leur hurle de s'arrêter et de venir en aide. Cela s'est produit il y a peu, dans notre quartier, quand une jeune fille de seize ans, Nadège F., s'est fait violer en plein jour sous le porche d'un immeuble, tandis qu'à deux pas les passants passaient, et qu'elle les entendait, qu'elle les voyait jeter un œil et fuir, et qu'elle s'est fait pénétrer, plusieurs fois par deux hommes qui ont pris la fuite, qui l'ont laissée pour morte, percluse de coups de tournevis — cinq au thorax, trois à l'abdomen —, avec un canif enfoncé dans son sexe déchiré.

Mon imperméable me collait aux fesses. Les coups des femmes yougoslaves sont devenus plus forts. Elles m'ont envoyé leur salive. Leurs enfants restaient dans leur torpeur. Je me suis relevé. J'ai croisé des regards qui me jugeaient. La vitre d'un abribus m'a renvoyé mon visage que je peinais à reconnaître. Le sang séché formait une longue croûte qui ressemblait à une tache d'infamie. On m'a fui. J'allais être en retard à mon travail, une fois de plus, jusqu'au jour où je ne serais plus que retard, et puis plus rien. Je me suis en allé. J'ai continué ma route.

Des femmes en noir tournaient devant l'ambassade des États-Unis. Elles disparaissaient sous des tchadors amples et lourds qui leur venaient jusqu'aux pieds. Elles tournaient en rond en brandissant des portraits de mollahs. Elles revendiquaient le droit d'être esclaves en Iran. Elles revendiquaient le droit pour elles et leurs sœurs d'Afghanistan d'être chassées de leur travail, d'être battues si jamais elles sortaient non accompagnées en ville, d'être lapidées en cas d'adultère. Elles tournaient en rond et dans le noir, dans les ténèbres de leurs vêtements. Je me suis arrêté. Je les ai regardées. Elles se sont arrêtées elles aussi et ont brûlé le drapeau étoilé qui s'est entortillé par terre en une cendre tourbillonnante. Elles ont psalmodié des sourates. Elles paraissaient heureuses d'être devenues des formes sans visages.

J'avais mal en marchant. Je porte en moi la laideur de ce monde. Elle me remplit et me souille. Elle déborde dans mes jours.

La femme a une alliance. Je viens seulement de la remarquer. Elle la fait rouler autour de son doigt.

Le téléphone nous a tout à l'heure donné son nom, son âge, le lieu de son travail, a précisé qu'elle avait un seul enfant, cette jeune fille qui venait de décéder. Il nous a dit aussi qu'elle était veuve depuis six ans. Depuis six ans elle a gardé son alliance. Moi, je l'ai jetée dans la Seine au lendemain de la mort de ta mère. J'aurais pu la jeter n'importe où. Je ne cherchais pas un lieu chargé de symboles, je voulais simplement m'en défaire. Elle m'étouffait. C'était une caresse impossible.

La femme prend dans son sac qu'elle tient toujours serré contre elle un paquet de mouchoirs en papier, puis elle se mouche bruyamment, sans retenue, à trois reprises. Les ailes de son nez sont meurtries et rougies. Dans ces moments-là, les manières dont nous nous plaisons à entourer ordinairement nos gestes, pour les faire paraître moins inélégants, davantage raffinés, toutes ces manières volent en éclat. L'annonce de la mort nous fait redevenir nous-mêmes, simplement. Elle gomme la patine d'artifices dont nous nous couvrons et qui nous sert à avancer masqués. La mort de ceux que nous aimons nous dénude. La femme tortille sous son nez son petit mouchoir qui n'a plus de forme.

Elle essuie ses yeux, étire ses tempes avec ses deux paumes, me regarde comme si je n'existais pas et que mon corps était transparent. Elle voit au travers de moi le visage de sa fille, qui rit, l'embrasse, lui parle. Elle essaye de se souvenir de ses derniers mots, exactement, et de l'intonation avec laquelle elle les a prononcés. J'en jurerais.

Mon collègue a perdu son tic. Il paraît calme. Peut-être songe-t-il aux femmes iraniennes, à tout ce qu'il m'a dit sur elles, hier, et aussi sur la Yougoslavie.

« Tu te rends compte ce qu'elles doivent être bonnes et chaudes en dessous de toutes ces fringues ? Remarque, le problème, c'est qu'on ne sait jamais si on a affaire à un canon ou à un boudin, c'est la loterie ! »

Mais il adore la loterie. Trois fois par semaine, il calcule les meilleures combinaisons de multiples pour les quatre tirages du loto.

Il a siffloté, rêveur, songeant peut-être au mystère des chairs iraniennes, puis il a ajusté la photographie de sa femme en string, qui a toujours tendance à glisser derrière la machine à café, avant d'en venir à la Yougoslavie :

« Je n'ai jamais rien compris à cette guerre, pourtant j'en ai lu des articles dessus, tu me connais, mais je serais incapable de te dire les bons et les mauvais dans ce coup-là, on s'y perd, c'est trop compliqué... BHL, j'ai offert à ma femme son bouquin sur Sartre, putain il est épais! mais elle aime bien la philo, elle en fait une heure chaque dimanche matin dans un café du 13e, elle a tous les bouquins de Finkielkraut, tiens à propos de lui, l'autre jour je l'ai croisé ce gars, sur le boulevard Saint-Germain, il ne paye pas de mine tu sais, on lui donnerait cent balles, et puis, voûté, voûté... comme s'il portait tout le Kosovo sur les épaules!... Qu'est-ce que je te disais, ah oui, BHL, eh bien lui, il y est allé en Yougoslavie, il en fait un film, tu l'as vu? Ma femme m'y a traîné, j'en suis ressorti j'avais pas plus compris, et puis c'était vraiment chiant, il n'y avait même pas Arielle Dombasle dedans... Je rigole bien sûr! Tu sais ce que m'a dit un copain à propos d'elle? Ses lèvres à Arielle, c'est en silicone, le reste, il ne savait pas, mais pour les lèvres, il me l'a certifié, remarque, on s'en serait douté, tu as vu sa bouche, ce n'est pas naturel une bouche comme ça ! En tout cas, BHL il ne doit pas s'emmerder, si tu vois ce que je veux dire... »

Je ne voulais pas voir ce qu'il voulait dire car j'avais dans ma mémoire les 76 corps déchiquetés du marché de Tuzla bombardé par les Serbes le 26 mai 1995. Je me souvenais des corps d'enfants, des corps adolescents déchirés par les obus, dans l'air de printemps, au moment même où Jean-Paul II se préoccupait du sexe virtuel.

J'étais allé ce soir-là me promener avec ta mère. J'avais *Le Monde* plié sous mon bras. Je lisais en ce temps. Je ne l'ai déplié que bien après : tout y était écrit. Ta mère me regardait en riant, me parlait dans le creux de l'oreille, là où les mots deviennent plus beaux et plus vrais. J'avais sous mon bras 76 morts couchés dans du papier léger et de l'encre fraîche. Je ne le savais pas. Il faisait bon. Ta mère m'embrassait dans le parfum des tilleuls du jardin du Luxembourg. Tu n'existais pas encore.

Plus tard, en dépliant le journal, en lisant la nouvelle avant de me coucher, je m'étais dit que j'étais le premier lâche.

Mon collègue continuait à me parler d'Arielle Dombasle, de ses seins, et de l'œil gauche de Sartre, « celui qui disait merde à l'autre, à moins

que ce soit le contraire », en se balançant sur sa
chaise comme il le fait souvent, après le repas,
avant le repas, le matin, le soir, alors que nous
attendons, que nous passons nos journées à
attendre, et à regarder parfois le téléphone, à l'in-
terroger des yeux. Parfois nous faisons des paris
pour passer le temps : ils amusent mon collègue :
« Je te parie l'apéritif de demain qu'il sonne dans
moins de deux heures, et que la victime est un
homme entre 35 et 55 ans! » Et nous attendons.
Le téléphone finit par sonner. Il finit toujours
par sonner. Les *hyènes* que nous sommes ne sont
jamais dépourvues de cadavres. Mon collègue
décroche, écoute, me regarde, et soudain, en
silence, agite comme un furieux son bras en signe
de victoire et sourit largement : il a gagné son pari.

Il me parlait. Je ne l'écoutais plus. Je revoyais des
images anciennes, mais pas trop anciennes, les
visages de ces chiens de guerre, toujours libres
aujourd'hui, qui paradaient dans des treillis mili-
taires sur des collines jadis belles et qui par leur
faute sont aujourd'hui souillées de mort. Je me
rappelais le nom de Radovan Karadzic, ses cheveux argentés qui faisaient une grande mèche sur
son front, son visage empâté, et je me suis souvenu
que ce bourreau était médecin, et qu'il se voulait
poète, qu'il chérissait la poésie, qu'il avait lu
devant la caméra, à trois lieues de mouroirs et de

charniers, de pitoyables vers de sa composition qui parlaient du vent, des petites fleurs et du ciel.

Je revoyais ces visages et je me disais que je t'avais fait venir dans ce monde qui ressemblait à un bois sombre fréquenté par des loups. Je me disais que tu marchais, malhabile mais heureuse, sur une terre où des millions d'hommes ont du sang sur les mains, et que ce sang ne les empêche pas de dormir, de rêver, de rire, de composer des poèmes.

« Et puis la Yougoslavie, c'est loin, ils nous ont tous dit que c'était tout près, que la guerre était à nos portes, en deux heures d'avion, mais c'est le bout du monde la Yougoslavie, Kouchner, il n'y était pas allé porter des sacs de riz, non ? Ah oui, je confonds avec le Rwanda... Bof, pour ce que ça change maintenant ! Et puis lui, comme il cavale partout où ça pète, on ne sait plus trop... Tu me diras, ça lui fait des vacances, et puis du coup, il ne doit pas être trop emmerdé par sa femme... D'ailleurs, on ne la voit plus trop Ockrent, elle existe encore ? J'ai toujours trouvé ça bizarre, ces deux-là, ensemble, et qui ont fait des enfants... pas toi ? Ah Kouchner... Kouchner... tiens, je te parie que l'année prochaine, si jamais il a un petit trou, il ira replâtrer Groznyï ! »

J'ai regardé mon collègue qui se curait les dents avec la pointe de son stylo. Que pouvais-je lui répondre? Chacun de ses mots m'emmenait très loin de lui, me détachait, me déplaçait vers un lieu où je me voyais de plus en plus seul, où même toi, tu ne parvenais plus guère à me rejoindre, où le visage de ta mère m'apparaissait au travers d'une épaisse couche de glace.

Je me suis dit que je m'apprêtais à te laisser un monde de cendres. Nous ne savons plus où ranger les guerres. Nous manquons de tiroirs. Notre mémoire est une fosse où s'entassent bien trop de cadavres. Elle déborde de corps sans vie. Nous les consommons par génocides entiers à mesure que les journaux nous les apportent, et puis nous les mélangeons, nous touillons le tout, nous les confondons, ce qui est bien plus efficace que la chaux vive.

Mon collègue au fond n'est pas un salaud. Il est seulement éminemment moderne. Il est de son époque. Il est à l'image de tous les hommes aujourd'hui qui se souviennent de leurs dernières vacances, mais pas des crimes contre l'espèce humaine.

« Mais tu dérailles complètement, tu te prends pour un prophète? Tu m'inquiètes vraiment vieux, et puis tu m'énerves! Où tu vas chercher toutes les conneries que tu me débites depuis un moment! Tu refais l'Histoire ou quoi? Maintenant c'est les guerres, les massacres, tu plonges mon vieux, va consulter! Et puis en plus, je n'ai pas de leçons à recevoir de toi! Tu te crois meilleur peut-être? Passe encore que tu te fasses casser la gueule comme l'autre jour où il a fallu te récupérer, mais que tu te vautres sur le trottoir, près de ces femmes yougoslaves qui viennent nous emmerder et de leurs comédiens de mômes, et que tu y restes devant tous ces gens! Et qu'après tu me les brises avec tes discours! Et ton image, tu y penses à ton image? »

La femme pose son regard sur la vitre dont le verre cathédrale donne seulement une vision tremblée du dehors. Elle secoue la tête doucement, sans s'arrêter, comme si on lui répétait sans cesse la même chose mais qu'elle ne veuille pas l'entendre. Puis de nouveau les pleurs, elle se tord les mains et les lèvres. Elle gémit et nous sommes là en face d'elle, immobiles et silencieux. Elle me regarde puis elle prononce une fois encore le prénom de sa fille comme si elle voulait que je le dise avec elle, comme si elle voulait que je lui donne aussi un prénom, le tien, et que nous échangions ces pré-noms comme des talismans.

Ce matin, j'ai tenté de parler à nouveau avec mon collègue. Il était déjà un peu plus de 10 heures. Il avait eu une soirée difficile. Lui et sa femme étaient allés dîner dans un « Japonais », et sa femme avait mal digéré les *sushis*. Elle l'a réveillé vers 3 heures du matin. Il a fallu qu'elle vomisse son repas, « à 230 francs sans les vins! », dans les toilettes. Il a tout nettoyé, « on voyait encore les morceaux de poisson, du thon, elle n'avait rien digéré! ».

La journée du samedi est toujours très longue. Généralement, ce jour-là nous avons plusieurs cas à traiter, surtout en fin d'après-midi et dans la soirée. C'est pour cela que la baby-sitter reste dormir le samedi soir chez nous. Je rentre souvent dans la nuit. Cela tu ne le sais pas. Tu dors. Tu te réveilles. Tu vois mon visage. Je suis ton père et ton monde. Tout va bien.

Ce matin j'ai dit à la baby-sitter qu'il était possible que je ne rentre pas du tout. Elle a bâillé. Elle était fatiguée, « raide-claque ». Elle et ses amis ont patiné hier soir plus longtemps qu'à l'ordinaire. Il faisait beau.

Elle m'a écouté en se massant les chevilles, « niquées par un blaireau grave » qui l'avait percutée dans le long serpent des dix mille rollers. Je lui ai dit que je ne rentrerais peut-être pas. Elle a compris ce qu'elle voulait bien comprendre, et m'a répondu en me jetant un sourire gras, le même que celui de mon collègue quand il regarde la photographie de sa femme en string, et qu'il passe son doigt dessus, puis elle a dit :

« Un plan cul ? Oh c'est bon quoi ! c'est normal... Dove y dit, Dove c'est mon nouveau mâle, Dove y dit que c'est la queue qui gouverne le monde... Il est dans la pub, Dove ! »

Je lui ai demandé de se taire mais elle a continué :

« Mais non, vous en faites pas, la p'tite, elle capte rien, à son âge on est encore totalement *bogué*, et puis elle s'amuse avec ses *bears* ! Oui, la queue y dit Dove, d'ailleurs, tous les chefs d'État tringlent comme des gorilles, c'est un signe ça ! regardez Clinton, *à donf* y sabre ce mec, même avec les *peggy pork* comme Monica ! et Chirac, j'suis sûr que ce mec *fuk* tout c'qu'y voit, et même sa touffe aussi, d'la balle !... Dites, croyez pas que votre femme elle vous aurait dit la même chose ? »

Je l'ai fait taire. J'ai posé ma main sur sa bouche, comme pour l'étouffer. J'ai arrêté le torrent d'eau sale. Elle m'a violemment repoussé, « Me touche pas, pédale ! J'aime pas qu'on me touche... C'est vrai quoi ! »

Elle n'aime pas qu'on la touche. Je suis parti. J'ai fermé la porte tandis qu'elle bredouillait des excuses. « C'est bon quoi, *worry*, mauvaise descente, ça arrive, y m'a tué ce veau hier soir ! », a-t-elle ajouté en se touchant une cheville de la main gauche et de la main droite son nouveau *piercing* qui semblait avoir été avalé par les chairs gonflées tout autour de lui.

Tu n'as rien vu de tout cela, rien entendu. Tu parlais à tes trois nounours posés sur le rebord de la fenêtre de ta chambre, « *mon* papa, maman, bébé », en les nommant du doigt, en recomposant inlassablement cette sainte famille de ta voix fragile qui mange encore les lettres, les syllabes difficiles, les gomme aux contours et rend les noms aussi délicieux à l'oreille que certains pétales de fleurs le sont sous la caresse des doigts.

La femme vient d'éternuer. J'ai sursauté. Je la regarde de nouveau... La douleur évacue toute beauté. Le visage ne paraît plus que ce qu'il est en définitive, de la chair, du sang, de l'eau, des muscles qui se froissent et se défroissent. Elle sanglote en silence. J'ai envie de passer ma main sur sa joue comme si c'était la tienne. J'ai envie soudain qu'elle me parle de sa fille, qu'elle me dise de quel petit nom elle l'appelait, quel était son signe caché, toi tu as tout en haut de tes fesses comme un petit triangle bleu, d'un bleu qui m'a toujours fait songer à la nuit, apaisante, laiteuse.

Je songe aux quelques minutes qui ont précédé tout à l'heure le coup de téléphone qu'elle a reçu à son travail, quand je l'ai appelée pour lui dire que

51

quelque chose de grave était arrivé à sa fille. Tout est dans ces quelques minutes : la vie et les sourires. Je l'imagine dans son rayon, au milieu des flacons de parfum, parmi les murmures des clientes, le bruissement du grand magasin au début de l'après-midi du samedi. Elle ne devait penser à rien d'autre qu'à son travail, à la fatigue, au week-end. Elle ne devait pas penser à sa fille car on ne songe jamais vraiment aux vivants avec l'intensité qu'ils méritent et que seule leur mort parvient à faire naître en nous. On ne regarde pas les vivants.

Je regarde mon collègue. Il me regarde aussi, pour la première fois. Je vois dans ses yeux qu'il meurt d'envie de me dire ce qu'il a sur le cœur, de le dire avec violence, tout ce qu'il n'a pas pu dire parce que la femme tout à l'heure a frappé à la porte et qu'il a fallu que je me taise, qu'il a fallu qu'il se taise et qu'il repose la chaise qu'il s'apprêtait à me fracasser sur le crâne.

Malgré tout, le métier, ce métier qu'il aime, reprend le dessus. En dépit de tout ce qu'il a envie de me dire. Il se maîtrise. Il m'oublie peu à peu. Il redevient une *hyène*.

Nous avons nos signes et nos codes : il me fait comprendre qu'il est encore trop tôt, qu'il vaut mieux attendre encore si nous voulons avoir une chance. Les *hyènes* ne sont jamais pressées. Elles tournent des heures autour de leur proie en attendant qu'elle faiblisse et se couche. Il nous faut présenter notre demande lorsque le *client* est allé au bout, tout au bout du chemin que la mort de celle ou de celui qu'il aime a ouvert sous ses pieds. C'est quand il est bien *tendre*, comme dit mon collègue, qu'il faut bondir. Et nous bondissons. Mais je ne veux plus bondir, je veux me coucher, je veux me défaire.

Nous sommes des *hyènes*. Maintenant je le sais, vraiment, pour faire ce métier depuis trop d'années et surtout pour l'avoir fait trop longtemps sans esprit et sans cœur.

Dans l'immense hôpital où je travaille, nous ne sommes que deux pour l'instant. Nous sommes là pour prendre aux morts et donner aux vivants. Nous rendons les vivants mieux vivants en prélevant aux morts ce dont ils n'ont plus que faire. Un drôle de métier. Je ne l'ai pas vraiment choisi. Je me suis laissé faire.

La femme qui est assise en face de moi me ramène à toi. En silence, par ses gestes, par sa douleur qui se lit sur la moindre parcelle de son corps, dans la façon aussi qu'elle a de prendre ses cheveux dans ses mains et de s'en couvrir les yeux. Elle me force à penser à toi, comme si je me projetais en elle ou que nous échangions nos rôles. Je ne sais trop pourquoi elle parvient

à me raccrocher un peu à ton monde, à ouvrir faible-
ment un doute, ou bien une porte.

Cette nuit tu as pleuré et je t'ai prise dans mon lit. Tu as bougé un peu. Tu n'as pas ouvert les yeux. Tu as saisi mes cheveux, et puis tu t'es endormie les bras en croix. Je t'ai serrée contre moi. Je sentais ton cœur qui battait comme celui d'un oiseau, vite, bien trop vite. J'ai fermé les yeux en t'embrassant et le visage de ta mère est revenu vers moi. J'ai pleuré contre tes cheveux.

J'ai dit ce matin à mon collègue qu'il tenait trop à son image. Que l'on mourait de ce trop-plein d'images. Il était plus de dix heures. Il buvait son troisième café, et marchait de long en large dans le bureau. Je lui ai dit qu'il n'y avait plus que des images aujourd'hui, des belles à qui l'on veut ressembler, à force de retouches par ordinateur, de paraffine, d'implants, de vitamines, de prothèses, d'huiles essentielles, de fitness, d'aliments bio. Et des images laides, atroces, sanglantes, de guerres, de meurtres, d'assassinats, de carambolages, de crashs aériens, de famines, d'ouragans, d'éruptions, de carnages, de suicides collectifs, d'épurations ethniques, qui nous réchauffent dans notre confort lorsque nous les découvrons dans les journaux. Et que j'en avais assez, que tout cela me noyait. Qu'il fallait en finir.

« Et c'est reparti, m'a-t-il dit, tu devrais faire des catalogues en ce moment, avec ta manie des litanies ! »

Oui, des catalogues. Qui se périmeraient très vite et seraient remplacés par d'autres, qui se périmeraient tout aussi vite.

D'autres drames effaceront dans les mémoires ceux que je te cite et que chaque soir je regarde à la télévision en te donnant des cuillerées de soupe « Non, papa, non *mon* papa, pas faim, pas faim... » car tu n'as jamais faim comme si tu ne voulais pas grandir, comme si te faisait peur l'entrée dans ce monde où je me sens entaillé, et que tu veuilles à jamais rester l'enfant de vingt et un mois aux fesses douces comme le ventre d'une biche, au rire qui jaillit dans l'appartement.

Tu pèses 9 kg 340. C'est peu. Mon collègue aime à comparer. Il a l'esprit de concours. Son dernier a trois mois de moins que toi mais il pèse déjà 11 kg 750. Je l'entends chaque jour. « Il mangerait les doigts de sa mère ! un vrai verrat ! » Je n'en doute pas. Je connais le père.

9 kg 340 : j'ai retenu ce chiffre de la pesée d'hier. Quand je me suis dit qu'il fallait que je le retienne, j'ai pensé que c'était un peu comme un horaire de train, celui de mon départ.

« Tu ne veux pas un café, t'es sûr ? Tu me pompes à la fin, on dirait un fou, fais gaffe, dors un peu, va

revoir ta serveuse de bar, elle te fera du bien! »
Il était plus de 11 heures. Mon collègue avait déjà
lu *L'Équipe magazine*, *L'Événement du jeudi* et
Paris-Match.

Nous n'avons pas eu d'appel ce matin. Je sentais
que cela aussi l'énervait. Et moi je lui ai parlé du
torrent d'images, et de la sienne d'image qui se
noyait dedans, qui ne voulait plus rien dire, qui
allait s'effacer, qui allait finir par n'être plus rien,
plus rien du tout, et que son image demeurerait
à peine dans le souvenir de ses enfants tant que
ceux-ci vivraient, et puis après ses enfants, il ne
serait vraiment plus rien, rien du tout. Il a levé les
bras au ciel. Il en a renversé son café, il a crié des
injures, et puis il est sorti en claquant la porte :
« Pour prendre l'air parce que tu me fais chier! »

Il tient tant à son image, à la mienne, à la nôtre,
à celle du service, à celle de l'hôpital où nous tra-
vaillons. Il refuse de les penser fausses ou péris-
sables. Il l'a montré encore tout à l'heure, pendant
le repas à la cafétéria.

Le samedi c'est plus tranquille. Il y a moins de
monde. Nous nous sommes attablés avec un
employé du service technique, un électricien qu'il
connaît un peu car ils se retrouvent parfois dans
les mêmes travées du Parc des Princes. Ils y hurlent
le nom des onze joueurs de leur équipe. Ils font
des *olas*. Ils traitent les onze joueurs de l'équipe

enculent plus loin que l'os ! » quand elle reçoit Strasbourg et qu'il faut bien varier un peu, et ainsi de suite pour chaque équipe invitée, laquelle sort le plus souvent du terrain sous les volées de boulons, de pointes et de clous, de fumigènes, de tessons de bouteilles, de préservatifs remplis d'urine et d'excréments.

Il fait tout cela « par amour du sport » car il me dit souvent qu'aujourd'hui, « dans notre monde de fous, il n'y a plus que cela de vrai ! ».

Par amour, il reproduit pendant une heure et demie des gestes qui ont envoyé à la chambre à gaz des millions de personnes, certaines petites comme toi, des enfants, des nouveau-nés, des petites fleurs en bouton de rose, et qui marchèrent à la mort en regardant leurs parents leur sourire et leur parler d'un beau voyage, tandis qu'à côté d'eux des chiens étaient prêts à les dévorer, à les déchiqueter, et que des hommes les tenaient ces chiens, et les excitaient, ces hommes qui eux-mêmes avaient décidé d'être plus bas que des chiens, et que d'autres hommes, loin de ces chemins de mort, plus loin peut-être mais par le fait non moins odieux, des hommes aux mains sales ont survécu tranquillement à ces millions de morts, ont continué à respirer, à rire, à se regarder dans des miroirs, à faire sauter sur leurs genoux leurs petits-enfants, sans plus jamais songer aux yeux d'autres enfants dispa-

adverse de « lopettes », d'« enculés », et l'arbitre de « sale nègre », de « métèque », de « bougnoule » pour peu qu'il soit un peu bronzé et qu'il siffle une faute là où eux n'en voient pas.

Avant un match, il n'a pas le temps de rentrer chez lui alors il se change dans notre petit bureau, contre la photo de sa femme en string qui a des vergetures et de la peau d'orange malgré les liposuccions et les semaines de thalassothérapie à l'institut Louison Bobet. Il revêt sa tenue de supporter, bonnet, écharpe, perruque bleue, maillot aux couleurs du PSG, qui lui donne une allure de clown antipathique et menaçant.

Il va ainsi boire dix bières, au café qui se trouve juste en bas de l'hôpital, « pour me chauffer », avant d'entrer dans le stade où l'alcool est interdit. Les CRS les regroupent, lui et d'autres, dans une tribune grillagée, comme dans un chenil, comme un bétail dangereux placé sous haute surveillance, et mon collègue pousse des chants guerriers, fait le salut nazi, des *doigts*, hurle des obscénités, déplie des banderoles peintes de plusieurs mètres de long et sur lesquelles des lettres gigantesques disent « Marseille, Les Ultras de Paris vous enculent jusqu'à l'os ! » quand l'équipe parisienne reçoit Marseille, ou bien « Lens, Les Ultras de Paris vous enculent jusqu'à l'os ! » quand elle reçoit Lens, ou encore « Strasbourg, les Ultras de Paris vou

rus dans des fosses, des fours, des wagons de trains interminablement obscurs, des chambres à gaz dont les plafonds encore aujourd'hui montrent les griffures d'ongles de ceux qui tentaient de résister contre la brûlure des poumons, contre la mort qui venait invisible en eux.

Je lui ai dit cela il y a deux semaines. J'ai parlé d'une traite, comme si tu avais été à mes côtés, comme si je parlais pour toi et non pour lui. Il m'avait écouté en ouvrant de grands yeux, un gobelet de son éternel café dans la main, mais sans pouvoir le boire. Et puis quand je m'étais enfin tu, il avait explosé :

« Nazi ! moi ? Tu n'es pas bien, vraiment pas bien... Tu mériterais que je... »

Il avait serré les poings. Il avait tourné en rond dans notre bureau, avait jeté violemment son gobelet en plastique dans la poubelle, puis il s'était calmé et avait repris :

« Bon, c'est sûr, je ne dis pas que parmi nous, il n'y en a pas qui sont un peu fachos, des jeunes, des excités quoi, on était comme ça aussi nous, on a fait des conneries non ? Mais tout ça c'est du théâtre, on rigole, on pense pas deux mots de ce qu'on dit, ça défoule, c'est tout. Et puis regarde, entre nous, Mitterrand, il a bien été facho quand il était jeune, c'est lui-même qui l'a dit à Guillaume Durand, ou à PPDA, à moins que ce soit aux *Guignols*, je ne sais plus, enfin bref, il l'a dit! ça n'a pas empêché qu'il soit le plus grand président que la France ait jamais eu, non? »

Le soir même tu faisais pipi dans ton pot pour la première fois. Cela m'a ému, ce premier pipi, car c'était un peu le signe que tu commençais à quitter l'âge doux des nourrissons endormis et pataud, que tu devenais plus encore un petit être, un petit d'homme. Cela m'a ému et terrifié aussi puisque le temps passe et que bientôt tu penseras, et que bientôt tu souffriras.

Tu verras qu'il faut grandir et se décevoir. Il faut serrer des mains, embrasser des visages qui peu à peu, lorsqu'on les étreint, commencent à suppurer, à sentir, à partir en lambeaux.

C'est notre monde qui nous fait. Nous n'y sommes peut-être pas pour grand-chose. Je n'en sais rien. Je ne veux plus le savoir. Tu le sauras peut-être toi, ma toute petite que j'ai embrassée ce matin avec peur : la peur que je me fais à moi-même. Tu avais les joues chaudes et rouges car tu les avais frottées dans ton sommeil contre le drap. Tu m'as regardé avec ta belle innocence, en me montrant du doigt ta famille de nounours, en disant « *mon* papa, maman, bébé ». Je suis sorti de ta chambre en emportant ton image.

En face de moi la femme continue de pleurer. Le corps est une curieuse mécanique. Elle tient dans sa main trois mouchoirs trempés, un autre est tombé à terre, sans compter celui qui n'est plus qu'une poussière de neige. Elle essaye de se souvenir avec le plus d'exactitude possible du dernier regard de sa fille, des mots qu'elle, elle a prononcés, et des mots de sa fille. Elle vient d'entrer dans le temps où commencent les regrets. Avant, rien ne compte : on se brouille, on se fâche, on se croit immortel et l'on se persuade que rien ne peut rester sans retour. La mort est le couperet des bouquets d'aubépines. C'est la première vérité mais elle arrive trop tard : elle ne peut nous enseigner que de vilaines choses.

Ce matin je t'ai quittée. Je m'en souviens très bien car je t'ai quittée en ayant pris une décision qui rendait à mes yeux ce moment inoubliable. Maintenant je ne sais plus. Nous sommes en train d'échanger nos rôles, cette femme et moi. Je viens dans sa douleur. Elle me conduit de nouveau au plus près de toi. Sa douleur me prend par la main et me mène à tes rires et à tes rhumes, à tes premières dents qui n'ont pas fini de pousser.

Elle prononce de nouveau le prénom de sa fille, en me regardant.

Elle n'a pas encore vu le corps de sa fille. C'est notre règle. Nous devons intervenir avant que les familles ne voient le corps, parce que lorsqu'elles le voit, il est trop tard, trop tard pour nous : elles ne veulent plus nous le donner. Alors nous inventons de faux prétextes pour ne pas le leur montrer tout de suite. Nous disons qu'il est dans un autre hôpital, qu'il va être transféré, qu'il n'est pour l'instant pas *visible*, mon collègue adore cette dernière phrase : « Le corps n'est pas *visible*. » Il insiste sur le mot, le charge l'air de rien, sous le masque de l'humanité, d'une horreur et d'une vision qui n'ont plus rien d'humaines.

« Tordre le *client*, le rompre, le faire mijoter des heures, tout est là ! » m'avait-il dit d'un ton formateur quand je l'avais rejoint dans cet hôpital il y a quelques années, et qu'il avait tenu à me « mettre au parfum », au parfum des *hyènes*.

« Tu verras, avait-il poursuivi, le plus extraordinaire, c'est qu'on peut parfois les garder des heures en face de nous, sans rien leur dire, et ils ne nous demandent rien, comme s'ils étaient K.-O., comme s'ils n'étaient pas vraiment là, qu'ils étaient ailleurs, chez eux, dans le passé, je ne sais pas où ! et il faut que ça dure, tout est là, et puis à un moment, tu les sens émerger peu à peu, et alors là, il faut pas les rater, un bon coup sur la nuque, paf, tu fonces ! »

Il n'y a pas eu d'appels ce matin. J'ai senti que

mon collègue en était contrarié. Il en avait assez que je lui parle, que je lui parle de son image. Il s'énervait après moi. Il tournait en rond, entrait, sortait, entrait de nouveau, feuilletait avec irritation les magazines et les journaux dont il s'entoure constamment, « pour se tenir au courant ».

Vers 12 heures, nous sommes descendus à la cafétéria. Tu devais être en train de manger le petit pot que j'avais sorti ce matin, petits pois-jambon, et que j'avais regardé longuement, comme si le fait qu'il t'était destiné, comme si le fait que c'était le dernier petit pot que je te préparais le rendait soudain extraordinaire. Tu peines à manger. Tu ne veux pas grandir. Tu ne pèses rien pour ton âge : une plume, « pas faim, papa, pas faim *mon* papa ». 9 kg 340.

Nous avons averti par téléphone que nous allions déjeuner. Mon collègue a pris le *bip*. Il l'a épinglé à sa chemise comme une décoration. Il ne faut rater aucun *client*.

À la cafétéria, nous avons retrouvé l'électricien. Il avait pris comme entrée les œufs-mayonnaise, « mes mayo », comme il a dit en les engouffrant sans les couper, d'un coup, à s'étouffer.

« Moi, mes mayo, je les aime de la veille, quand y'a déjà une pellicule dessus, comme un voile de graisse, un peu figé. » « Chacun ses goûts, mais la salmonellose, très peu pour moi ! », a répondu sèchement mon collègue qui avait pris des carottes râpées et qui chaque matin me cite le nom d'une entreprise de fromages tueurs, de rillettes assassines, de poulets toxiques, de pâtés mortels.

Puis la discussion a tourné sur les enquêtes concernant la fiabilité des hôpitaux. Un hebdomadaire vient de publier les classements des meilleurs et des moins bons. L'électricien était intarissable et nous expliquait que l'on mourait beaucoup trop à l'hôpital.

J'ai senti que mon collègue commençait à trépigner. Il a le sens du corps, comme il a le sens de l'image. Je veux parler du corps auquel il appartient, du groupe auquel il appartient, de son clan, de sa famille, de sa maison, de son employeur, comme d'une certaine façon la baby-sitter a aussi le sens du corps, de son groupe, qu'elle pense marginal et décalé. Et tous les deux tiennent à leur image. Ils sont prêts à se battre pour elle. À mourir peut-être.

« Et on meurt vous savez de quoi à l'hôpital, a dit l'électricien, la fourchette en l'air, on meurt de l'hôpital lui-même, parfaitement, c'est écrit, noir sur blanc dans l'enquête! T'arrives, t'as un bobo bénin, hop, tu te chopes en moins de deux une infection des familles que te refilent sans même le savoir les toubibs, les infirmières, le chirurgien qui t'ouvre la panse, et tout le toutim… Et vous savez pourquoi? Parce que les Français sont des dégueulasses... C'est affligeant, j'ai lu ça dans un sondage, y'en a pas un sur quatre qui se lave les mains après avoir été aux chiottes, y'en a pas un sur trois qui change de slip quotidiennement, y'en a pas un sur deux qui prend une douche tous les jours, c'était écrit aussi je ne sais plus quand, noir sur blanc, on n'use que trois savons par an, une seule brosse à dents... Y'a des gonzesses qui gardent leur culotte trois jours d'affilée et des mecs leur *caldé* une semaine, j'te dégoûte? Mais c'est la vérité mon gars! Et dans cet hosto, c'est sans doute encore pire qu'ailleurs puisqu'on y crève plus que dans les autres, c'est l'enquête qui le dit, c'est écrit! Remarquez, vous deux, ça vous arrange, non, que les gens crèvent sur place? Hein les *hyènes*, comme ça vous n'avez pas à les chercher ailleurs vos macchabées! »

Mon collègue a quitté la table, rouge, en serrant ses poings, après l'avoir traité de « connard! », et moi j'ai fini mon verre d'eau en face de l'électricien qui mangeait lentement, en se léchant les lèvres. J'ai regardé ses mains. J'ai songé à celles de mon collègue, toujours sèches lorsqu'il revient des toilettes.

Mes yeux ont fini par se poser sur le grand comptoir de la chaîne de la cafétéria qu'alimentaient en rang dix serveuses et serveurs à mains nues, aux cheveux gras pour certains, sans calot, et qui prenaient les morceaux de pain, les couverts, les assiettes de crudité, remettaient en place avec leurs doigts une rondelle de salami qui allait tomber d'un plat, touchaient les verres, les frites, les feuilles de salade, se grattaient la tête, se fouillaient le nez, s'inspectaient l'oreille.

J'ai fermé les yeux. Je me suis enfoncé dans mon obscurité. J'ai songé à des grands lacs canadiens comme on en voit partout dans n'importe quelle chambre de malade, sur des posters punaisés au mur. Je ne sais pas s'ils existent vraiment ces lacs aux eaux trop bleues, aux rochers trop hauts et trop massifs surmontés d'une neige trop blanche pour être vraiment réelle. Je me suis dit qu'il ne me restait plus que cela, ce simulacre de nature, à opposer dans mon esprit à toutes les salissures du monde.

« J'peux prendre les tiens ? » J'ai rouvert les yeux. L'électricien montrait du doigt mes œufs-mayonnaise que je n'avais pas touchés. J'ai dit oui mais je n'ai pas entendu ma voix. Il a saisi le plat, en a fait deux bouchées. Il a parlé tout en mangeant :

« J'suis con, j'm'énerve, mais c'est à cause d'une tapette de chef qui m'a gonflé ce matin comme c'est pas permis ! Et tout ça pour un branchement en dérivation qu'il était même pas foutu de faire lui-même ! Bon, j'espère que ton collègue m'en voudra pas pour tout à l'heure, j'aime bien aller aux matchs avec lui, d'autant qu'il y en a un ce soir... J'sais pas c'qui m'a pris, des fois je pète un plomb, comme ça! C'est vrai que j'y suis pas allé mollo, j'ai mis *l'paquet* comme on dit! »

La femme se caresse les genoux d'un geste inlassable. Elle a reposé son sac à main par terre. Ses yeux viennent peu à peu vers mon visage. Je baisse la tête.

Je n'ai pas besoin de regarder l'horloge pour savoir qu'il est 17 heures. J'ai entendu le claquement des sabots d'une infirmière dans le couloir. C'est la seule à les faire claquer ainsi, d'une façon sèche et violente, comme si elle voulait faire mal au carrelage. Je ne la connais pas. Je ne l'ai jamais vue. Mais je sais qu'elle passe tous les jours de la semaine, et parfois le week-end, à la même heure, pour prendre son service. Elle doit être de garde aujourd'hui.

Je lève de nouveau les yeux vers la femme qui est dans le *confessionnal* depuis maintenant près d'une heure et demie, et je vois pour la première fois qu'elle me regarde.

Elle me regarde vraiment, en me voyant et non pas comme jusqu'à présent en passant à travers moi comme si j'étais une ombre, ou en accrochant mon regard, mais seulement une fraction de seconde. Elle vient en moi, longuement. Elle a pour un temps oublié sa douleur, l'accident de voiture, le visage de sa fille, le dernier visage de sa fille ce matin lorsqu'elle l'a embrassée pour lui dire au revoir et qu'elle a peut-être, à force d'efforts, fini par retrouver, ce visage exact. Elle me regarde en se demandant sans doute qui je suis, si j'ai des enfants peut-être, si je suis marié. Je sens dans ses yeux quelque chose que je ne vois plus depuis longtemps dans le regard des autres, quelque chose, je ne sais pas quoi, mais quelque chose qui me fait mal au ventre, mal d'une douleur agréable et humaine alors que je suis si dégoûté des hommes, de moi-même, de ma souffrance qui chaque jour m'enracine dans la terre comme une semelle de plomb. Je suis soudain hésitant sous ce regard usé et les larmes. Je suis une hyène qui a mal au ventre et cela ne doit pas exister. Je redeviens il me semble un homme, même si c'est encore très faible, cette sensation, alors que je ne voulais plus l'être. Je viens vers toi. Tu dois être bien au chaud, dans ta poussette, dans les rues de Paris. J'ai envie de te prendre dans mes bras sous le regard de cette femme.

Ses yeux à elle me font penser à tes yeux lorsque tu as de la fièvre. La dernière fois, c'était mardi. Durant la nuit, tu as pleuré. Je suis allé te voir. Tu respirais difficilement. Tu étais un peu enrhumée. Tu m'avais entendu et tu as tendu les bras. Je t'ai fait un lavage de nez, « non papa, non ! » et puis j'ai pris ta température. Tu avais 38°9.

Je t'ai mis un suppositoire en répétant, je m'en suis rendu compte, les paroles de ma mère quand elle faisait de même pour moi : « Attention, le petit spoutnik va partir dans la lune, attention au décollage, exploration… » Je devais avoir quatre ou cinq ans. Ma mère disait cela à l'époque où l'espace était un domaine à peu près vierge et non une sorte de déchèterie majeure où gravitent des tonnes de satellites abandonnés, de circuits imprimés, d'intelligence artificielle hors d'usage, qui ne demandent qu'à tomber sur les quelques rares déserts où jusqu'à présent, seules les caresses du vent et du froid viennent troubler la reptation élégante d'antiques espèces animales.

Tu as battu des mains. Tu as essayé de répéter le mot « spoutnik » qui te fait rire, mais tu n'y parviens pas encore, « p'nik… p'nik », et je t'ai embrassée longuement en fermant les yeux, et à ce moment, quand mes lèvres se sont posées sur ta peau, dans ce repli du cou qui me fait penser à la très vive mémoire d'un corps perdu, il m'a fallu chasser une fois encore le visage et le parfum de ta mère. J'ai tant voulu la rejoindre.

J'ai inventé un art de l'oubli à mon seul usage. J'ai déchiré chaque minute des souvenirs tandis que tu dormais, tandis que tu riais, comme autant

69

de petits papiers inutiles qui encombraient ma mémoire. Sur chacun de ces petits papiers, j'ai écrit une minute de la vie de ta mère, une seconde, ou bien un sourire, une fausse colère, un regard, un baiser, une caresse, un mot. J'ai écrit tout cela avec une patience qui m'a coûté un effort infini, et j'ai déchiré en moi-même ces lambeaux de vie, afin de ne plus souffrir, afin de faire disparaître en moi son visage, comme j'ai fait disparaître dans l'appartement toutes les photographies, les vête-ments, les objets qu'elle avait achetés, touchés, ainsi que les meubles qu'elle avait connus.

Il n'y a plus rien ici qui la rappelle. J'ai cessé de voir depuis longtemps ceux qu'elle connaissait et qui la connaissaient. Mon collègue a la bonne grâce de ne jamais m'en parler. Il ne l'avait de toute façon jamais vue.

Sans doute m'en voudras-tu, et tu auras raison, de t'avoir à jamais privée de toute trace de celle qui t'a donné le jour, de toute piste qui te permet-trait de remonter jusqu'à elle, de lui donner un visage, ne serait-ce qu'une ombre. Dans ta main tu ne feras jamais glisser d'objet que sa main avait caressé. Je serai à tes yeux peut-être coupable. Mais il m'a semblé que c'était ainsi que je pouvais lui survivre et tenter de continuer pour toi.

Je t'ai veillée toute cette nuit-là. Tu bougeais dans ton lit. Tu te retournais. Des ambulances passaient parfois dans la rue, lumières intermittentes, « pimpon, pimpon » dis-tu lorsque tu les entends.

Tu es trop petite. Tu ne m'aides pas. Tu ne m'aides qu'à regretter davantage l'absente car tu lui ressembles sans le savoir. Tu ne m'aides qu'à trouver le monde encore plus laid qu'il n'est peut-être en vérité, et je m'aveugle sur ces horreurs en ne voyant plus qu'elles, et en te regardant t'éloigner de moi, « papa, *mon* papa », qui ne suis bon qu'à pleurer, à rester allongé sur un trottoir en attendant que quelque chose se passe, qu'une force me fasse rentrer sous terre, juste bon à rester prostré devant une affiche dans le métro qui représente un slip en coton blanc suspendu dans un vide noir.

L'aube est venue. Tu gémissais un peu encore mais c'était pour un rêve. Tu parlais sans doute à tes petits monstres de peluche.

La femme qui nous fait face se lève, lentement, regarde bien au-dessus de nos têtes. Je sens que mon collègue est inquiet. Il a peur que la situation nous échappe. Mais elle ne quitte pas le confessionnal. Elle s'est juste appuyée contre le mur, les paumes à plat sur le mur. Elle baisse la tête sous le poids immense du corps mort de sa fille de dix-sept ans.

Je commence à m'engourdir sur cette chaise depuis que nous sommes avec cette femme.

Il faut que tu me ramènes au monde.

Je viens de me dire cela en voyant la femme se lever, porter sur sa nuque le poids de sa douleur. Il faut que j'essaye de revenir. Pour toi, si ce n'est pour moi. Ou pour sa fille, et je m'étonne de penser à elle, que je ne connais pas.

Après le déjeuner, quand je suis remonté dans notre bureau, vers 13 heures, mon collègue s'y trouvait déjà. Il buvait un café. Un de plus. Il lisait un magazine. Il m'a regardé entrer et a haussé les épaules en marmonnant quelques mots. Il n'y avait pas eu d'appels. J'ai compris qu'il ne voulait pas que je le dérange. Il était très nerveux, à cause de tout ce que je lui avais dit ce matin à propos de son image, et sans doute à cause de tout ce que je lui dis depuis des semaines, et puis aussi à cause de l'électricien et de ses statistiques sur notre hôpital.

Sur le dos du magazine qu'il lisait, il y a une publicité pour une chaîne de restaurants rapides : on y voit un homme qui sourit, hilare, tandis que son corps disparaît entre deux énormes tranches de pain : il est lui-même son propre aliment, sa propre viande. J'ai eu la nausée en voyant l'image. Je me suis souvenu d'avoir croisé la semaine dernière un homme qui faisait dans la rue, avec son propre corps, la même publicité. Je ne travaillais pas. Je récupérais d'une garde de nuit. Mon collègue était seul à l'hôpital. Il faut éviter qu'une *hyène* soit seule, mais parfois on ne peut pas faire autrement.

La baby-sitter essayait ce jour-là de lire un roman qu'on lui avait conseillé, « un truc *trash*! », m'avait-elle dit en me montrant la couverture jaune vif sur laquelle les silhouettes solarisées d'un homme et d'une femme se masturbaient mutuellement. Elle s'était couchée par terre et lisait à mi-voix les phrases, en butant souvent sur les mots. La lecture, même *trash*, la fatiguait. Tu faisais la sieste. Je suis sorti pour t'acheter un livre de *Petit ours brun*, un livre de mensonges et de sucreries.

C'est là que j'ai croisé l'homme déguisé en hamburger. Son corps disparaissait entre deux fausses tranches de pain toasté tandis que ses pieds et sa tête se devinaient à peine sous une sorte de moquette brune et granuleuse couleur de steak haché. Je ne pouvais distinguer que ses deux yeux, que je voyais dans deux trous entourés pour l'un de fausse moutarde, pour l'autre d'une rondelle de cornichon en plastique. Il marchait lentement. Il semblait harassé. Il portait sa publicité comme un boulet ou bien un rocher sur un chemin en pente. J'aurais bien aimé lui parler. J'ai vu dans ses yeux des lueurs tremblées que je connais bien. J'ai pensé que nous étions tous à porter des croix modernes, à supporter l'insupportable d'un corps livré au commerce, d'un corps qui n'est déjà plus le nôtre.

Tout ce qui n'est pas griffé n'existe pas. Les jeunes placent leur cerveau et leur âme dans un petit crocodile vert, dans trois bandes noires, dans une virgule horizontale : ils n'existent pas en dehors. Lacoste, Adidas et Nike sont devenus la trinité d'une religion creuse, aux saints chaque jour plus nombreux, et qui condamne les hommes à se déguiser en hamburger pour gagner leur vie. Gagner sa vie, mais laquelle ?

« Mais qu'est-ce que ça peut te foutre s'il a envie de se déguiser ce type ? et puis moi d'ailleurs, j'ai bien un slip Calvin Klein ! Je n'ai rien contre les marques ! »

Ce jour-là mon collègue conduisait rageusement en me jetant des coups d'œil, en veillant à ce que mon sang ne souille pas les sièges de sa voiture neuve. Je lui racontais tout.

Il était venu me chercher, en sortant du travail, au commissariat de police où l'on m'avait conduit. J'avais attendu des heures dans une cellule de dégrisement. J'étais seul. Dans les films, il y a toujours quelqu'un, une prostituée, un vieux clochard. Là, il n'y avait personne d'autre que moi. Mes vêtements étaient déchirés. J'avais du sang sur les mains. Mon nez me faisait mal. Mais ce n'était rien en comparaison de l'autre douleur, celle qui me vrillait le cœur et l'âme. J'ai pensé que ta mère aurait ri de me voir dans ce lieu. Nous en aurions ri ensemble, plus tard, passées les peurs et les récriminations.

J'étais dans la voiture de mon collègue. Je venais de lui raconter l'homme-hamburger. Il était venu me chercher comme on vient récupérer une bête malade. Il regardait les sièges de sa nouvelle voiture et le sang séché sur mes vêtements et sur mes mains. Il avait peur que je salisse. Je continuais mon histoire :

Dans la Fnac Forum, j'avais été pris d'un malaise. Il y avait trop de monde, trop de gens qui descendaient les escalators, se précipitaient dans cette nouvelle église souterraine, trop d'hommes et de femmes, qui ne se regardaient pas, se heurtaient sans se parler, se frôlaient comme l'armée patinante des rollers du vendredi soir.

J'avais foncé vers le rayon où je savais trouver le livre, l'avais pris, payé, et puis, soudain, le sol s'était mis à bouger, les murs et les visages avaient vacillé devant moi et je n'avais eu que le temps de me rendre aux toilettes, pour m'y effondrer. Je suis resté longtemps assis par terre, dans la cabine des W.-C. J'entendais le murmure de la foule qui butait dans le magasin comme une grosse mouche contre les vitres d'une fenêtre. Et puis j'ai fini par me relever et par sortir de la cabine. Un adolescent était en train de terminer d'écrire sur le mur :

« Je nique ta mère qui suce les ours, je chie sur toi, j'encule la France, je baise ta sale langue de bâtard de Molière. »

Il devait avoir environ quinze ans. Il s'appliquait en tirant la langue. Il avait écrit « J'encule la France » comme s'il s'était agi d'un pays étranger, une sorte de lointain menaçant dans lequel il ne voulait pas entrer, alors qu'il y était né sans doute, y avait grandi, et connaissait Molière au moins de nom, malgré tout, Molière dont il refusait la langue comme une peste.

Je l'ai regardé faire. Il a terminé d'écrire son message. Il ne m'avait pas vu. J'étais dans son dos.

J'ai songé alors que la haine est un aliment commun, une sorte de pâtée universelle. Elle ne gave pas seulement certains enfants perdus de l'immigration. Elle nourrit aussi des femmes et des hommes que l'on pourrait penser raisonnables, qui n'ont eux rien à reprocher à un pays, à une langue, à une société dans laquelle ils vivent et pour laquelle ils forment des projets : il y a quelques semaines, j'ai entendu la réponse de la présidente d'un parti politique d'opposition à une question posée par un journaliste.

Nous étions tous les deux par terre devant la télévision. La baby-sitter venait de partir, « à *donf* », parce qu'elle était « méga à la bourre », mais elle avait eu le temps de te faire « un *big big-up* » en fermant la porte. Je n'avais pas éteint la télévision qu'elle avait allumée. Nous jouions tous les deux, à celui qui dort, et à celui qui veille. Celui qui veille réveille celui qui dort en lui chatouillant le ventre, et ensuite, nous inversons les rôles. Ce jeu t'amuse beaucoup. Et moi je ris aussi parce que je te vois rire et que tu es heureuse. J'aime te voir rire, comme j'aime te voir dormir, comme j'aime plus que tout te voir bâiller, et que ton petit nez se fronce, et que tu ouvres la bouche si grand qu'elle paraît soudain immense.

Le journaliste demandait à cette femme, en passe d'être élue à la tête du RPR, ce qu'elle haïssait le plus. Elle a répondu spontanément : « Lionel Jospin ! » Elle n'a pas dit : « Je hais la misère, l'injustice, la souffrance, la pauvreté, la maladie, l'indifférence, la guerre, l'inhumain, la détresse, le chômage, le crime... » Non, elle a dit que ce qu'elle haïssait le plus, c'était un être humain, c'est-à-dire toi mon enfant, c'est-à-dire moi. Ce que cette femme pensait le plus immonde dans le monde qu'elle aspirait à gouverner, c'était un homme. « Oh allez quoi, elle est bandante quand même non, Michèle Alliot-Marie, tu ne trouves pas ? Moi, je la verrais bien latex et *bondage* ! »

m'avait dit mon collègue quand je lui avais rapporté cela.

Il vient de faire tomber son stylo. Il l'a fait exprès. C'est un signal. Aujourd'hui, c'est lui qui l'a donné. Parfois c'est moi. Faire tomber le stylo par terre veut dire que nous allons bientôt formuler la demande, ou plutôt que nous allons bientôt commencer à formuler la demande. Mon collègue vient de juger que le *client* est prêt à nous entendre, à entendre ce que nous allons lui demander.

La femme le regarde ramasser son stylo. Elle a un peu froid. Elle tremble. Ses larmes ont cessé de couler.

Je ne sais pas pourquoi soudain en la regardant je te vois. C'est comme si tu étais assise en face de moi, malgré ton trop jeune âge, malgré ta tiédeur et ton esprit qui va et vient dans les nuages, parmi les peluches, les rires, ton esprit qui monte et descend en rêve les escaliers de la maison de *Léo et Popi* et celle des contes du *Petit ours brun.* Oui, c'est un peu comme si cette femme qui revient vers moi, me regarde de nouveau, du plus loin et du plus profond d'elle-même, cherchait une parole, à entendre, ou à dire, comme si elle voulait me tendre sa main ou prendre la mienne. C'est comme si elle était toi. Et pour la première fois, pour la première fois vraiment, je songe à sa fille morte et j'essaye de lui donner un visage.

Nous ne voyons jamais les corps. Les morts n'ont pour nous aucun trait. Ils n'ont qu'un nom, un numéro que nous portons immédiatement sur un dossier que nous sortons d'un tiroir du meuble où mon collègue a posé son cactus. Nous ne savons d'eux que le strict nécessaire et nous ne les voyons jamais. Ils n'existent pas pour nous. Il ne faut pas qu'ils existent.

La femme me regarde à nouveau.

C'est comme si elle essayait de me deviner, de connaître cette décision qui a gonflé en moi toutes ces semaines, et que je pensais définitive ce matin. Tu me regardes à travers elle, et je baisse les yeux. Je veux chasser ce regard. Il me semble que j'ai un peu honte. Je ne veux pas céder. Je n'en sais rien. Savait-il ce qu'il me disait cet adolescent qui avait inscrit toute sa haine dans les toilettes de la Fnac des Halles ?

« Tu t'attaches trop à des détails ! D'un rien tu fais une montagne, c'est ça qui te pourrit la vie », m'avait dit mon collègue tout en surveillant une nouvelle fois avec inquiétude les sièges de sa voiture.

Tout me lasse, avais-je eu envie de lui répondre. C'était une bribe de chanson d'Alain Bashung que nous écoutions ta mère et moi il y a longtemps, et sur laquelle nous avions dansé. Je serrais ta mère dans mes bras, tandis que nous tanguions un peu ivres le soir de notre rencontre, sous les lampions de papier chinois d'un 14 Juillet, dans un petit bal du 11ᵉ arrondissement. Jamais alors je n'aurais imaginé que je deviendrais l'être blessé et las qui parle dans la chanson, que je finirais par habiter dans ses mots, par venir en eux au point de ne plus vouloir, de ne plus pouvoir en sortir, ne plus être ailleurs, ici, dans le monde de ceux qui haïssent, se vantent de cette haine, en font commerce sur la place publique.

Dans les toilettes de la Fnac Forum, l'adolescent s'est retourné, et il s'est avancé vers moi avec sa casquette à la Blériot vissée sur la tête. Moi je n'ai pas bougé. Il a rangé son marqueur dans la poche zippée de son pantalon.

« Eh, c'est bon, toi, dégage, qu'est-ce tu m'embrouilles à mater, bâtard, enculé de *çaisfran*! »

Mais je ne bougeais pas. Ce n'était pas de ma part une provocation mais plutôt comme un terrassement, une sorte de catalepsie. Je crois que j'aurais pu tomber à genoux ou bien lui parler, lui demander pourquoi il refusait de voir qu'il s'insultait lui-même, se dégradait, se couvrait de honte, que ce n'était pas moi-même ou d'autres qu'il insultait mais sa propre conscience et vérité, sa beauté.

Et comme je ne bougeais pas et que je continuais à le regarder, il s'est approché de moi et m'a dit « Me *chouffe* pas, *zemel*, j' t'interdis de me *chouffer* ! ».

Cela m'a rappelé un incident, il y a quelques temps, entre République et Bastille. Un jeune qui devait avoir à peine dix-sept ans était rentré dans la rame avec un de ces chiens énormes, lourds, au pelage noir et fauve sous le ventre. J'ai regardé son chien comme s'il s'était agi d'un monstre d'apocalypse. Il m'a dit d'un ton sec et mauvais, « Ne le regardez pas, il déteste ça, vous êtes sourd ou quoi ? Baissez les yeux, il peut pas blairer les mecs qui le matent ». Le chien a confirmé ce qu'il disait en me hurlant à la face et en tirant sur sa courte chaîne en cuir tressée.

J'ai senti dans la rame d'autres regards sur moi, aussi mauvais que ceux du jeune et de son chien, les regards des autres passagers, qui paraissaient me dire, « Mais faites ce qu'on vous dit, vous cherchez quoi au juste ? Vous voulez qu'il nous bouffe tous, pensez à nous bon sang si vous ne pensez pas à vous ! Baissez les yeux ! ».

J'ai fini par baisser les yeux, comme tous ceux qui étaient autour de moi avaient baissé les yeux, et nous étions à regarder nos pieds tandis que le jeune homme et son chien étaient devenus nos seigneurs, nos maîtres, et qu'ils régnaient sur la rame entière comme sur un petit monde d'esclaves dociles, qu'eux seuls jouissaient de la vue que le regard levé donne à celui qui le lance.

« Ah tu sais les chiens, c'est vrai que c'est susceptible, tu as bien fait de baisser les yeux » m'a dit mon collègue à qui j'avais rapporté la scène.

Le regard. Les regards. Il y a trois mois, lors de son procès en assises, un jeune meurtrier a déclaré qu'il ne connaissait pas sa victime, qu'il ne l'avait jamais vue auparavant, qu'il la croisait le jour du meurtre pour la première fois, mais que c'était une de trop, car quand il l'avait croisée sur un trottoir, la victime l'avait *regardé*, simplement regardé, mais que lui, il avait horreur qu'on le regarde, surtout de *cette* façon — il n'a d'ailleurs jamais dit laquelle — et que c'est pour cela qu'il lui avait donné quinze coups de couteau dont trois directement à la gorge. Voilà. Que peuvent tes sommeils et tes rires face à cela ? Ma petite, ma trop petite.

J'avais trop regardé l'adolescent des toilettes de la Fnac. Mais il était clément. Il n'a pas sorti d'arme. Il s'est contenté de me lancer son front en pleine tête, dans une brève musique de craquements secs. Mon sang l'a éclaboussé. Je n'ai perçu que les couleurs et les sons, très faiblement.

Dans mon étourdissement et ma chute, j'ai

pensé très vite à toi, puis à ta mère : je me demandais vers laquelle d'entre vous je ne pourrais plus revenir, en songe, si je restais évanoui par terre. Puis très vite il a parlé « Fils de pute, 'spèce de *tarba*, tu m'as niqué mon *classe*! » et je me souviens de son visage, soudain redevenu celui d'un enfant, d'un enfant dont on vient de casser le plus beau jouet, de ses yeux regardant incrédules les taches de sang, de mon sang, qui formaient comme une poussière d'étoiles rouges sur le tissu pâle de son jogging, « Tu m'as déchiré mon Tacchini, avec ton jus d'goret, *narco* d'*dalpé*, tu vas mourir ta race! sur ma mère! ».

J'étais à terre, à ses pieds. J'attendais. Je le regardais et j'attendais. J'attendais qu'il me donne la mort, là, dans les toilettes de la Fnac des Halles, à quelques pas d'une bruissante foule marchant en tous sens, vers 6 heures de l'après-midi.

« Voilà ce que c'est de jouer au con, ça te pendait au nez mon vieux! »

Et puis je ne sais plus. Je suis revenu à moi plus tard, dans le rayon des disques. Je ne sais pas comment j'y étais parvenu. Je fouillais dans les bacs, et un vendeur est venu vers moi en me disant que je ne pouvais pas rester là, que j'étais blessé, que je perdais du sang, et ce que j'ai pris pendant un instant pour de la sollicitude à mon égard n'était en fait que du soin pour les piles de disques sur lesquelles mon sang dégouttait.

Le vendeur m'a entraîné vers une pièce où somnolait un énorme vigile au visage de fillette qui portait un tee-shirt où était écrit « GIGN : Groupe d'Inspection des Gros Nibards ». J'avais froid. Il m'a fallu montrer mes papiers. On m'observait d'un œil méfiant. La police est venue. Elle hésitait entre le dépôt et les urgences. Qui étais-je au fond, une victime ou un coupable ?

Mon collègue m'a laissé ce jour-là au bas de notre immeuble. Je suis descendu de la voiture. J'ai surpris ses yeux qui scrutaient le siège pour voir si je ne l'avais pas souillé.

« Allez, une bonne douche, une bonne nuit ! Demain est un autre jour ! » Puis il a démarré.

Je suis revenu sans ton livre, perdu dans mon errance, mais avec un nez de clown qui t'a fait rire, « papa, bobo ? », et tu as trouvé dans tes quelques mois d'existence les gestes de l'apaisement, ce baume que possèdent les femmes qui nous aiment et nous donnent une paix dans laquelle nous sombrons pieds et poings liés.

J'ai donc sombré contre toi, contre ton petit souffle, alors que la baby-sitter, qui ne m'avait pas entendu rentrer, ronflait sur le canapé, les pieds chaussés de baskets à la semelle surdimensionnée, qui m'ont fait songer, avant que je ne plonge, aux

cothurnes dont se chaussaient les acteurs des tra-
gédies antiques.

Je me suis demandé de quelle tragédie d'aujour-
d'hui elle était l'actrice, elle qui revenait de « deux
jours blancs et d'enfer », passés dans la multitude
d'une parade techno qui avait secoué les rues de
Rotterdam de ses rythmes basiques et du déhan-
chement de ses *drags-queens*. Je me suis demandé
où vivait la baby-sitter, où elle vivait vraiment,
dans quel *lieu* exotique dont je ne connais pas la
frontière, le passage, l'entrée, le code, elle qui va
de *rave* en défilé de rollers, et de défilé de rollers
en parades européennes, qui communie dans l'in-
nombrable bain de ses semblables, qui vit dans la
multitude agitée, contre elle, en elle, et qui par
ailleurs ne fait attention à personne dans la rue,
fonce droit devant, bouscule, ne se retourne pas,
hésite encore parfois sur ton prénom alors qu'elle
te garde chaque jour depuis un an.

Tu ne m'as pas répondu. Tu dormais. Tu as fini
sans le savoir par me prendre dans ton sommeil.

*La femme passe longuement sa main sur son front,
plusieurs fois. Ses yeux sont si gonflés que les paupières
paraissent vouloir se rompre. La peau est bien fragile
à cet endroit du visage.*

Je baisse les yeux. Je la fuis. Je les relève. Je trouve les tiens. Je trouve les tiens dans ceux de cette femme. Je les fixe. Je crois que je leur souris et la femme alors cesse de passer sa main sur son front et me regarde. Elle me sourit tristement. Tu me souris à travers elle. Mon collègue bouge sur sa chaise. Il s'énerve en silence. Il doit sentir que quelque chose d'anormal se produit. Il a dû voir mon sourire. Il s'est rendu compte que je venais de faire ce que nous nous interdisons.

« Tu ne vas pas nous péter les plombs un jour en pleine séance » m'a-t-il lancé hier alors que je lui disais que je ne voulais plus continuer à être une *hyène*.

Je ne peux plus faire un métier qui me met sans cesse face à l'annonce de la mort. Un métier qui me force à partager l'intimité la plus secrète des êtres humains, celle de la douleur. Je suis depuis des années le contemplateur des larmes. Les larmes rongent une peau plus vite que du papier abrasif, rougissent les yeux, sillonnent les joues jusqu'à les rendre, en une heure ou deux, meurtries et entaillées, jusqu'à bouffir les traits et leur donner une laideur poignante. Je ne peux plus passer mes journées dans les larmes des autres et mes nuits dans les miennes.

Nous laissons pleurer. Autant qu'ils le sou-haitent. C'est notre règle. Un article de notre code de déontologie. Car nous avons notre éthique. Tu verras, tout le monde a son éthique, toutes les professions, et même les pires, surtout les pires. La morale est morte mais on a inventé une nouvelle âme, l'éthique, plus volatile, évanescente, davantage moderne et majestueuse.

Pour certains *clients* cela dure parfois des heures, et nous restons là, en face, sans un mot d'apaisement ni le moindre signe d'impatience. D'autres s'arrêtent au bout de cinq minutes. D'autres encore ne pleurent pas. Jamais. Et cela ne veut rien dire, les pleurs ne signifient pas l'intensité de la souffrance ni de la douleur. L'autre jour, nous en étions au dessert, « pas bon papa, pas bon! » et sur l'écran une chanteuse a éclaté en sanglots car l'animateur de l'émission de variétés lui a fait une surprise : il avait fait venir, par *Concorde* a-t-il précisé, le caniche préféré de la chanteuse qu'elle avait laissé à New York. Elle n'a pu retenir ses larmes en caressant l'animal. Tu n'as pas voulu manger ton dessert. Tu me montrais le petit chien, et tu faisais semblant d'aboyer. Le public ne cessait pas d'applaudir. Certaines femmes, « sauvages » ou « d'élevage », s'essuyaient les yeux.

La vraie souffrance n'a pas toujours besoin d'eau.

Je n'ai pas versé une seule larme lorsque l'on m'a appris la mort de ta mère. Pas une seule. À ce moment, il n'y avait rien en moi qui vivait, qui aurait pu produire le moindre son, le moindre souffle, le moindre pleur. J'ai eu l'impression que tout se retirait de moi comme un océan qui aurait décidé de fuir vers sa propre profondeur, et de disparaître. Mais je ne suis pas un modèle.

Je suis une *hyène* et cela me dégoûte. Je veux mourir, j'ai voulu mourir, je ne sais plus très bien, et cela me dégoûte aussi.

Mon collègue s'impatiente, me jette un coup d'œil, me fait un signe interrogateur du menton. Il perd peu à peu le calme qu'il avait retrouvé. Il sent que quelque chose d'anormal est en train de se passer, en moi, entre cette femme et moi. Je ne peux pas le tromper, c'est un bon professionnel. Je ne le regarde pas mais je le vois. Je ne réponds pas.

La femme continue de me regarder, et parfois de me sourire. Elle trouve la force de me sourire alors qu'elle est si loin de moi. Cela fait maintenant un peu plus de deux heures que nous lui avons appris la mort de sa fille. Elle est arrivée à l'hôpital en ayant quitté son travail à la suite de notre appel. Nous lui avons dit que sa fille venait d'avoir un accident. Nous ne précisons jamais. Il faut que les gens passent par tous les états et qu'ils envisagent toutes les hypothèses pour que nous puissions leur annoncer la mort, quand nous les voyons, et qu'ils la tiennent alors pour une issue acceptable, peut-être moins effrayante que toutes celles qu'ils avaient pressenties, puis chassées, puis de nouveau imaginées, sitôt le téléphone raccroché et jusqu'à leur arrivée dans le *confessionnal*. Oui, finalement, la mort les soulage par un curieux renversement de l'appréhension qui se change en contentement, en authentification de l'hypothèse la plus noire, « Je le savais », « Je l'ai senti tout de suite », « Avant même de décrocher le téléphone, j'ai su ce qui était arrivé », etc.

Je ne peux plus continuer. J'abandonne.

J'ai essayé de le dire à mon collègue, tout à l'heure, après le repas, mais il n'aurait pas compris. Il était furieux. Il regardait le téléphone. Il feuilletait son magazine. Il était prêt à exploser, à me foutre dessus peut-être, à cause de l'électricien, et à cause de toute la haine accumulée contre moi depuis des semaines, depuis que je lui dis les choses. Mais soudain il a éclaté de rire. Il a levé les yeux, m'a regardé, s'est replongé de nouveau dans son magazine, puis a ri encore :

« Regarde ça, plus fort que le slip de Bigard ! »

C'est une publicité sur laquelle on voit la tête triste de deux comiques qui se font appeler « Les Chevaliers du fiel » et qui se produisent au Casino de Paris. Sur la page est écrit, comme seule indication concernant le spectacle : « À PISSER DE RIRE », en grosses lettres, et une autre photographie à côté de celle des deux comiques représente une rangée de fauteuil d'un théâtre et sur l'accoudoir de chaque fauteuil est accroché un bloc de désodorisant-désinfectant pour cuvette de W.-C.

« Alors, tu ne dis rien ? c'est pas plus fort que le slip de Bigard, ça ? hein ? j'étais sûr que ça allait te plaire... Eux aussi ils le mettent *le paquet* ! »

Je lui ai rendu le magazine, sans un commentaire.

« Tiens, au fait, à propos de Bigard, a-t-il repris, eh bien hier à la télé, il a dit que la photo du slip, celle qu'on voit partout dans le métro, eh bien c'était son slip, et les couilles que l'on voit, ce sont ses propres couilles, et la bite, sa bite !! Il l'a dit ! Dingue, non ? Remarque, elle paraît pas énorme sa bite, tu ne trouves pas ? »

C'est à ce moment que le téléphone a sonné. Il était exactement 15 heures 02. C'est moi qui ai décroché, pour fuir. J'ai décroché sans réfléchir. J'ai même eu l'impression que j'allais entendre ta petite voix, comme quand je téléphone à la baby-sitter, et que je lui demande si tout va bien. Tu sais que j'appelle. Tu lui prends le combiné des mains, et je t'entends, « papa ? papa ? *bonjou* papa, *bonjou* ! ».

La voix n'était pas la tienne. C'était la voix de celle que nous appelons dans notre jargon *l'avertisseur*. Je ne la connais pas. Je n'ai jamais vu son visage. Elle n'est pour moi qu'une voix neutre qui égrène des noms, des heures, des numéros de téléphone. C'est pour moi la voix de la mort. Je ne veux plus l'entendre. Je ne veux pas que tu l'entendes.

Mon collègue me regardait et se frottait les mains, heureux d'avoir enfin un client. J'ai branché le haut-parleur pour qu'il puisse noter les coordonnées. Nous avons ouvert un dossier, porté l'heure, le numéro 6545. Et puis j'ai repris le téléphone. J'ai composé le numéro des Galeries Lafayette et j'ai demandé à la standardiste le rayon parfumerie.

Je n'ai pas eu immédiatement la femme qui est en ce moment en face de moi, tandis que mon collègue montre de plus en plus de signes d'énervement, remue sur sa chaise, regarde sans cesse la pendule, puis nous regarde tous les deux, la femme et moi, sans comprendre ce qui est en train de se passer.

Elle vient de lever son bras, vers moi, comme si elle allait me toucher, puis elle l'a laissé tomber, lentement. Elle me sourit, de son sourire épuisé et frotté de douleur.

C'est une autre vendeuse qui m'a répondu. Elle est allée très vite chercher la personne que je demandais. Je ne m'étais pas présenté. Le combiné posé je ne sais où laissait entendre les bruits du magasin, les annonces, les rires des clientes. La femme est arrivée, a dit « Bonjour » d'une voix qui m'a semblé heureuse, quoique un peu étonnée. C'est le seul mot qu'elle ait dit : « Bonjour. » Je ne lui ai pas laissé le temps d'en prononcer d'autres. Je lui ai dit ce que nous disons toujours. J'ai prononcé notre invariable formule. Je lui ai dit que sa fille venait d'être victime d'un accident grave et qu'il fallait qu'elle vienne le plus vite possible. Je lui ai donné l'adresse de l'hôpital et le numéro de l'étage ainsi que le numéro de notre bureau. Et puis j'ai raccroché.

« Le poisson est ferré ! » a dit mon collègue en se frottant les mains. Il dit toujours cela. Mais ses paroles, d'ordinaire insupportables, m'ont paru plus obscènes encore. J'ai eu envie de le gifler.

« Je commençais à m'emmerder sérieusement ! Bon, d'ici à ce qu'elle soit là, elle en a au moins pour trois quarts d'heure, ça nous laisse le temps ! »

Le temps de prendre un café : c'était son septième depuis ce matin. Je les avais comptés. Il s'est mis à siffler et a repris son magazine. J'ai pensé à cette femme qui allait venir. Je savais ce qu'elle était en train de ressentir. Il me semblait le revivre moi-même. J'avais le visage de ta mère contre le mien, et aussi ton visage, ton visage que j'allais perdre pensais-je encore à ce moment, que j'allais quitter. Maintenant je ne sais plus. Je vois cette femme, sur la chaise. Je ne sais plus.

Mon collègue est reparti dans son magazine.

« Et t'as vu ce truc, attends, je te lis ! » a repris mon collègue qui buvait son café et se grattait le sexe en regardant de temps à autre la photographie de sa femme en string.

Il m'a lu l'article, sans m'épargner le moindre mot, en les faisant sonner, même, en les mettant en relief quand il disait l'abominable.

Le fait divers racontait le procès d'un homme qui pendant deux ans a torturé la femme qu'il prétendait aimer. Cet homme a fait descendre la femme qu'il aimait dans un gouffre d'humiliation, de coups, de mots claqués comme des gifles, de sévices constants, et cette femme est alors devenue plus qu'une esclave, une chose, « une serpillière » a-t-elle dit au procès. Elle a dit aussi qu'il avait fini par la dégoûter d'elle-même, qu'elle s'était fait horreur, qu'elle était devenue « plus rien ». L'homme s'est défendu en disant qu'il avait « peut-être été méchant », qu'il était « peut-être trop impulsif », qu'il n'aurait sans doute pas dû, mais que tout cela, c'était par amour qu'il l'avait fait. Et c'était par amour qu'il avait à maintes reprises brûlé, à l'aide d'une cigarette incandescente, les replis du sexe de la femme qu'il aimait, sa chair la plus vive et la plus fragile, et qu'elle, cette femme, a eu le courage de le dire à haute voix, au tribunal, devant un public venu là on ne sait poussé par quelles motivations justes ou abominables, et qu'elle a dit à propos de ces brûlures, dans sa langue simple et bouleversée, « Il m'a défigurée *de là*. Je ne me suis plus reconnue. J'étais morte. » Et l'avocat de la victime a dit que l'horreur absolue avait été alors atteinte, quand le bourreau avait brûlé ce que l'avocat avait nommé « le siège de la féminité », ne se rendant pas compte, qu'il affaiblissait ainsi, par cette expression un peu ridicule, le crime, le rendait seulement machiste, effroyable certes, mais seulement effroyable et sexiste, alors que cette torture, cette abomination n'était pas autre chose qu'une atteinte à la Naissance du monde.

« Dingue! » a dit mon collègue, une fois la lecture terminée. Mais j'ai vu alors dans le plaisir qu'il avait eu à me lire cette histoire, dans le fait qu'il ne parvenait pas à s'en détacher, qu'il revenait, en les relisant à haute voix, sur les lignes où il était question des brûlures sur le sexe de la femme, que cela devait le fasciner, et qu'il devait être en train d'imaginer ce que cela pouvait être *vraiment*, et qu'il devait sans doute être déçu qu'il n'y ait pas d'images, lui qui les aime tant, les images, les gros plans, les photographies des brûlures, ou pourquoi pas même les photographies du bourreau en train de brûler le sexe de sa victime.

Tout cela manquait à mon collègue. Comme lui avait manqué il y a deux jours l'image du corps de Corinne Caillaux alors que *Paris Match* affichait sur une page entière la photographie des toilettes du train où elle avait été assassinée de quatorze coups de couteau.

Mon collègue avait observé longtemps toutes les traînées de sang, les éclaboussures, les giclées de sang sur les murs de l'étroite cabine, et les flaques de sang par terre, dans lesquelles on avait marché, et qui s'étaient alors étalées, répandues ces flaques, et que l'on pouvait grâce à tout cela reconstituer — mais pour quoi? — l'horreur, les cris, la victime qui se débattait, le jaillissement du sang, la chute du corps. Il restait sur la cuvette du W.-C. un gant en plastique sans doute abandonné là par un enquêteur, et j'avais d'abord pris ce gant pour un préservatif. C'en était un d'ailleurs, d'un genre particulier, qui préservait de la mort, qui repoussait le sang et son silence de l'autre côté d'une fine pellicule de caoutchouc, mais ne l'empêchait pas d'être donnée en pitance à des millions de lecteurs.

J'ai crié tout cela comme un fou. J'ai hurlé cela à deux centimètres de son visage. Et j'ai continué. Je lui ai dit, tandis qu'il me regardait abasourdi avec dans les mains son magazine et son gobelet de café que bientôt il ne resterait plus rien et que j'emporterais la mémoire de tous les morts, de toutes les mortes avec moi, à commencer par ta mère bien sûr mais aussi toutes les autres figures, celles dont je ne peux parvenir à chasser les visages ou les noms, qui forment une longue file, chaque jour plus longue, plus immense, qui grandit à mesure que je regarde les journaux télévisés, écoute les radios que diffusent continuellement les haut-parleurs des magasins ou des rues, lis malgré moi les journaux, les magazines, les mensuels brandis de toutes parts par les kiosques, les bureaux de presse, mes voisins de métro, lui, ce qui fait que même en le voulant, même en le désirant plus que tout, je ne peux échapper aux pelletées de morts que le monde me livre chaque matin, comme un laitier précis, ponctuel et jamais malade, avec de précieux détails quant aux agonies, aux taches de sang, aux membres amputés, arrachés, aux coups, aux entailles, aux mitraillages qui les ont fait succomber. Et je lui ai hurlé dans les oreilles qu'il n'était qu'une ordure, un salaud, qu'il lisait tout cela car en fait il aurait voulu y être, il aurait voulu brûler le sexe de cette femme, voir comment cela faisait, entendre ses cris et ses supplications, sentir l'odeur de la chair sous la braise de la cigarette, il aurait voulu être derrière la porte de la cabine des W.-C. du train tandis que Sid Ahmed Rezala, l'assassin présumé, devait être en train d'achever Corinne Caillaux, qu'il n'était qu'un fumier et que c'était à cause de gens comme lui qu'on crevait tous, qu'il faisait un métier de salopard et qu'en plus il aimait le faire, qu'il était immonde.

Il s'est levé comme un diable, m'a traité de « crevure », et a saisi sa chaise pour me frapper. C'est à ce moment qu'une main a effleuré la porte : trois petits coups, brefs et apeurés. La main de la femme qui me fait face. Mon collègue avait des yeux pleins de haine. Il a gardé un instant la chaise levée, puis a fini par la poser. Il n'a pas dit un mot. Il a fait entrer la femme.

C'est un professionnel. Il a retrouvé immédiatement des automatismes. Elle nous a regardés avec affolement. Elle ne s'est pas doutée de ce qui venait de se passer entre nous. Je lui ai annoncé la mort de sa fille tandis qu'elle était encore debout et qu'elle n'avait pas prononcé la moindre parole. Je ne voulais pas que mon collègue le lui dise. Je ne voulais pas qu'il ait ce plaisir, qu'il se venge de moi en se vengeant sur elle.

Elle a cessé de pleurer. Elle a toujours un doux sourire, comme celui d'une Vierge. Elle revit quelques belles heures avec sa fille, en d'étranges minutes qui se télescopent. Elle tient toujours dans sa main un mouchoir qu'elle ne serre plus à l'étrangler mais qu'elle caresse comme si elle caressait le visage de sa fille.

La pénombre a gagné le *confessionnal*. Voilà longtemps que nous sommes là, tous les trois, sans parler, à attendre. Mon collègue a tendu la main vers le mur pour allumer la lumière d'un geste nerveux. La femme a juste un peu cligné des yeux. Puis elle m'a regardé.

Elle n'a pas regardé mon collègue. Elle m'a regardé, m'a souri. Tu m'as souri.

Tu dois être revenue de ta promenade. Tu dois être dans ton bain. J'ai soudain envie d'être à tes côtés, de voir tes petites cuisses rebondies de bourrelets, ton nombril qui te paraît une chose bien extraordinaire, et dans lequel je mets le doigt en disant, « elle est belle la petite boutonnière, elle est belle », et toi qui sais déjà mimer les fausses colères tu dis « pas touch, papa, pas touch! » et tu ris.

J'ai dit ce matin à la baby-sitter de t'emmener promener place des Vosges après la sieste, même si ce n'est pas notre quartier, même si c'est loin de l'appartement. C'est là que vit pour moi le plus clair souvenir de ta mère, du premier vrai baiser qu'elle me donna.

La baby-sitter m'a dit « Où c'est ça? connais pas, c'est n'imp, on n'y va jamais en rollers! », et il a fallu que je lui explique le chemin, « Ouais, pis, faites-moi un *pitch* précis, parce que l'aut'fois, j'me suis plantée à *donf* avec vos plans *daubés*! », et que

je te recommande à elle, lui disant de ne pas trop te couvrir, de ne pas trop te découvrir, de te mettre tes moufles même si elles sont encore bien trop grandes pour toi.

Vous êtes sans doute sorties toutes les deux tandis que cette femme était déjà devant moi, et qu'elle pleurait la mort de sa fille.

La baby-sitter a dû ronchonner. Elle a mis ses écouteurs, s'est immergée dans sa musique, « tchou tchou tchou tcha », qui a tout de suite fait balancer sa tête, d'avant en arrière, et qui la fait ressembler en ces moments-là à une de ces grandes pompes à pétrole, un de ces immenses bras mécaniques accomplissant perpétuellement le même mouvement, et qui aspirent le pétrole, les uns à côté des autres, dans les grandes étendues des États-Unis d'Amérique.

Elle t'a habillée sans quitter sa musique et son mouvement de machine, elle a pris la poussette. Vous êtes sorties. Je vois tes moufles immenses, bien trop grandes pour toi, avec lesquelles parfois tu me dis au revoir. Au revoir.

La femme me regarde et me sourit comme tu peux me sourire, avec cette douceur tranquille et cette certitude du retour à l'ordre des choses, quand tu me vois rentrer. Mais elle cesse subitement de sourire, regarde mon collègue.

Il vient de faire claquer son stylo sur la table. Il a le visage tendu, les mains crispées. Il tient le formulaire dans ses mains comme un démarcheur en assurances, sauf que ce qu'il s'apprête à vendre n'est en rien une assurance, ou plutôt si, c'en est une, mais pour d'autres, l'assurance de pouvoir continuer un peu, de dévider les années, le désir de vivre, la haine de vivre, la bassesse qui l'accompagne. Je sens qu'il va prononcer les premiers mots. Je le sens. Cela me répugne. C'est une *hyène*. Je ne veux plus l'être. Je n'en suis plus une. Je veux revenir vers toi. Cela maintenant je le sais.

La femme entrouvre ses lèvres et le regarde comme si soudain il la faisait sortir d'un lieu engourdi. Son visage de nouveau accueille la mort. Elle ne sourit plus. Elle sait de nouveau, vraiment, que sa fille de 17 ans à qui elle a dit ce matin « au revoir », sans trop y penser, à qui elle l'a dit comme on le dit lorsque l'on est dans la vie, qu'on ne pense qu'à la vie, qu'on n'imagine pas qu'un jour il faille la quitter, elle sait maintenant que sa fille est morte.

« Voulez-vous que nous allions voir le corps ? » vient de lui dire mon collègue.

Ce sont les premiers mots. Ce sont toujours les mêmes, quelle que soit la personne assise en face de nous. Après, il suffit simplement de dérouler la pelote. Parfois, c'est lui qui les dit, parfois c'est moi. Aujourd'hui je ne peux rien dire. Je ne veux plus rien dire.

Mon collègue emprunte dans ces moments une langue dénuée de fange. C'est un autre lui-même qui parle, épousseté, honorable, diablement humain. Je l'écoute comme si sa voix venait de derrière les parois d'un aquarium. C'est la mort qui se dit pour la première fois, même si l'image n'est encore qu'une irréalité. Il répète la phrase plus fermement, en maîtrisant la colère que je sens en lui, moi qui le connais si bien pour travailler avec lui depuis toutes ces années, et le subir.

La femme tremble. Elle se raccroche à moi, tente de retrouver en moi tout ce que je croyais avoir perdu, et qu'elle a su tout à l'heure faire revenir à ma propre conscience.

« Voulez-vous que nous allions voir le corps ? »

Elle me regarde, ne sait que dire, s'affole sous l'assaut de ces mots qui la jettent dans la vérité de la mort de celle qu'elle a vu partir ce matin et à qui elle a souhaité une bonne journée, d'un air distrait, d'un air de tous les jours.

Votre fille est morte, madame, voilà des heures que vous pleurez en face de nous mais pour la première fois, vraiment, je vous le dis, votre fille est *vraiment* morte. Elle est morte aujourd'hui à

14 h 23, au niveau du 118 boulevard des Italiens, 38 minutes après qu'une voiture l'a heurtée de plein fouet et l'a projetée contre l'arête du trottoir. Les médecins n'ont rien pu faire. Son crâne s'était ouvert en deux. Elle était déjà dans un profond coma lorsque le Samu est arrivé sur place. Elle est décédée lors de son transfert à l'hôpital.

« Voulez-vous que nous allions voir le corps? »

Ne l'écoutez pas madame, c'est une *hyène*. Il n'est pas là pour vous redonner votre fille mais pour vous la prendre davantage. Il la lui faut. Il la lui faut pour sauver d'autres vies qui ne tiennent qu'à... non même pas à un fil, rien, une sonnerie, la sonnerie d'un téléphone qui va retentir ici ou là, et qui voudra dire, préparez-vous, faites votre valise, n'emportez que le strict nécessaire, ce que vous attendez depuis deux ans vient de se produire, vous avez de la chance, quelqu'un vient de mourir, oui, une jeune fille de dix-sept ans, en pleine santé, un de ses poumons vous est offert, ou bien son foie, son cœur, ses reins, et à l'autre bout du téléphone, il y aura des rires, des embrassades, des baisers, un grand espoir. C'est cela qu'il veut : dépecer votre fille mais il ne vous l'a pas encore dit, il tourne autour du pot, il a attendu que vous soyez à point, et puis là, maintenant, il est pressé le salaud parce qu'il a un match dans trois quarts d'heure au Parc des Princes, et qu'il faut qu'il se change, qu'il mette son déguisement, sa perruque bleue, pour pouvoir gueuler et boire des bières, alors il n'a plus le temps, il faut vite que vous le signiez ce formulaire qu'il a dans les mains, et grâce à lui, il pourra faire vider votre fille comme une carcasse de voiture, prendre les pièces en bon état, toutes les pièces en bon état, certaines serviront tout de suite, seront consommées quasiment sur place, d'autres emportées très loin, parfois congelées pour servir plus tard, les chirurgiens ne négligeront rien, ils sont très consciencieux, ils prendront tout, la cornée, la peau, les muscles, les tendons, et moi qui vous dis cela, je suis encore plus salaud que lui, jusqu'à peu j'avais hâte que cela se termine aussi vite que lui, que vous signiez, non pas pour aller gueuler avec lui au Parc des Princes, mais pour m'ouvrir les veines comme je l'avais décidé ce matin, pour en finir, en finir avec lui, avec tous, et puis maintenant que je vous ai vue je ne sais plus, je ne sais plus, vous avez perdu votre fille, elle est morte, et moi j'allais mourir à jamais pour la mienne, j'allais la laisser pour un fantôme, un souvenir, pour des dégoûts accumulés, des lassitudes, elle n'a que vingt et un mois, elle ressemble trop à sa mère, elle est si belle, si vivante et la vôtre vient de mourir, et il me semble quand vous me regardez que c'est ma fille qui me regarde, et que je n'ai pas le droit de la laisser, de vous laisser avec lui, avec ses semblables, il vous découpera votre fille, il la donnera à tous, c'est une *hyène* qui a le sens du partage, de la famille et de la meute, on meurt tant de manquer, il distribuera ses organes, dites-vous que tout cela fera le bonheur de mourants en puissance, dites-vous que grâce à votre fille des salauds pourront continuer à vivre plus longtemps, des saints aussi, des beaux, des laids, des noirs, des blancs, dites-vous que celui qui n'avait pas encore tué pourra enfin le faire parce qu'il aura alors encore quelques belles années de haine devant lui, dites-vous aussi que celui qui voulait faire le bien et ne le pouvait pas parce qu'il était trop faible, le pourra grâce à vous, grâce au corps de votre fille, dites-vous que le monde continuera, sans elle mais grâce à elle, il vous la rendra ce salaud, rassurez-vous, il vous rendra ce qui reste, et il rendra présentable ce qu'il vous rendra, il est pour la dignité humaine, avant la mort et après la mort, dans les tribunes de stades, dans les rues et dans les magazines, soyez sans crainte, il a le culte de l'image, votre fille ne ressemblera pas à ces cadavres grossièrement recousus qui l'ont fasciné jadis quand ils étaient photographiés, il a du fil de soie, il n'utilise jamais le fil de fer...

Je ne peux plus parler. Mon collègue n'en finit pas de me frapper, avec une étagère qu'il vient d'arracher au mur, avec sa chaise aussi, avec tout ce qu'il trouve dans le *confessionnal,* un cendrier en cristal, la petite machine à café, le pot en faïence du cactus.

À mesure que j'ai commencé à parler, la femme m'a regardé avec étonnement, les yeux rougis, le visage douloureux, puis avec frayeur, puis avec horreur. Elle s'est réfugiée dans le coin de la pièce, s'est agenouillée quand je suis tombé sous les coups. Elle a pris sa tête dans ses mains, s'est bouchée les oreilles en hurlant devant les images que j'ai fait défiler devant ses yeux fermés, et puis elle a fini par se taire, et par ouvrir de nouveau ses yeux qu'elle a aussi sombres que les tiens.

Mon collègue tape. Il se démène. Il met le *paquet.* Je ne sens rien. Il savoure. Il vit enfin les images qu'il a si souvent contemplées. Il est au cœur de l'une d'elles. J'aperçois la femme qui sanglote et qui lui dit d'arrêter. Je lui dis ton prénom. Je lui dis que je suis comme elle. Je lui dis qu'elle est toi.

Mon collègue gueule que je suis « une pourriture, un enculé qui ne pense qu'à lui, qu'il va me tuer, que je vais cracher mes dents, que je lui casse son coup, que je salope le travail, que je devrais avoir honte ! ».

Du sang coule devant mes yeux. Mon sang. Je vois son visage défiguré par la fureur au travers d'un écran rouge, une sorte de rideau à la saveur douce. Je te parle à haute voix. Je te raconte ce que je ne t'ai jamais dit. Je te raconte ta mère. Et mon collègue qui ne s'arrête pas, qui tape des poings, des pieds, de la tête, et des gouttes de mon sang giclent sur le sol, sur les murs.

Tout en te parlant de ta mère, de ses yeux, du parfum de sa peau, je songe en voyant mon sang à la première fois que tu as vu ton propre sang venir au bout d'un de tes petits doigts que le médecin avait piqué avec une fine aiguille, et que tu as souri à cette perle rouge qui grossissait soudain, et tu as dit « papa, rouge, beau, papa, beau! », comme si tu voyais une fleur, et je me suis penché sur toi, devant le médecin stupéfait, j'ai bu la fleur de sang au bout de ton petit doigt, tu as ri, et puis je t'ai prise par la main et nous sommes sortis du cabinet du médecin en riant tous les deux, et lui n'a rien compris, qui voulait ton sang, qui le voulait alors qu'à la place venait de venir au jour et dans ton esprit une couleur, une fleur née de ta peau.

Je suis à terre. Je garde les yeux ouverts. Je ne veux pas les fermer. Je regarde cette femme qui serre sa tête dans ses mains et supplie mon collègue d'arrêter.

Je songe à toi et je te parle à haute voix de ta mère. Il faut que tu saches, il faut que tu saches, alors qu'il va me tuer, que je ne veux plus mourir, que je veux revenir vers toi.

Je suis mort jadis déjà, deux jours après ta naissance, lorsqu'on m'a téléphoné pour me dire de venir à la clinique, qu'un accident grave était survenu, que l'on m'en dirait plus sur place, qu'il fallait que je vienne.

La voix était celle d'une *hyène* d'une autre espèce que celle à laquelle j'ai appartenu jusqu'à aujourd'hui, une espèce qui se contente de téléphoner, de surveiller et de garder les proies sans vouloir les dépecer, mais une *hyène* tout de même.

Je l'avais reconnue tout de suite, cette voix. J'étais à l'appartement. Je préparais ta chambre. J'étais en train de clouer sur un mur un cadre qui représentait deux petites filles anglaises taquinant d'un épi de blé un jeune garçon endormi. Ta mère l'avait acheté quelques mois plus tôt alors que tu étais encore dans son ventre.

J'ai su que l'une d'entre vous deux était morte. J'ai couru dans la ville alors qu'il aurait été plus simple et plus rapide de prendre un taxi. J'ai traversé la ville en courant comme on traverse un fleuve aux eaux grossies sans savoir ce que l'on trouvera sur l'autre rive, si jamais on y parvient.

J'ai heurté des passants, des murs. J'ai couru à me brûler les bronches, et je sentais mon cœur qui battait mais ne parvenait à se déchirer, à exploser. Je ne voulais pas décider entre l'une de vous et l'autre. Je ne voulais pas aller vers la vérité.

Écoute-moi, ne hurle pas, laisse-le me frapper, cela n'a pas d'importance, je ne sens rien. Je ne veux plus m'en aller, sois tranquille. Écoute, je voulais ne jamais arriver. Je voulais regarder le monde en vous y sachant encore toutes deux. J'ai tenté d'attraper au vol durant cette course les beautés de ce moment, l'ombre d'un pan de mur qui avait la teinte de l'or, près de l'Opéra, un baiser que s'échangeaient deux très jeunes adolescents, près de la hampe de fonte du métro Palais-Royal, le rire d'une vieille femme, dans la rue de Rivoli, qui parlait seule et tendait ses bras pour une valse sans partenaire, des beautés qui resteraient en moi comme les dernières d'un monde où vous étiez dans mon esprit toutes deux encore vivantes, sans que je puisse choisir ni savoir laquelle était morte, toi fripée et trop douce au sortir de la nuit du ventre de ta mère, petit animal aux cheveux sombres, ou ta mère, mon amour, immensément belle et apaisée, avec juste ce qu'il faut de fatigue sous les yeux, de pâleur, de vertige, les tempes humides d'une sueur aux parfums de lait, et dont les cheveux reposaient sur le drap blanc de la maternité en y dessinant des mirages.

J'entends une porte qui claque. Je crois que les coups se sont arrêtés. Je n'en suis pas très sûr. Il y a des bruits de pas, des paroles assourdies, des chocs sourds. La voix de mon collègue résonne, étrangement déformée.

Je t'aperçois qui te penches sur moi, du haut de tes vingt et un mois, « papa ? *mon* papa ? ». Tu viens me chercher. Tu tends ta petite main. La femme est au-dessus de moi. Je la vois et je pense à sa fille dont je n'ai pas connu pas le visage. Tu passes ta petite main sur mon front. Elle me relève, me donne à boire, fait couler de l'eau sur mes lèvres. Tu me mènes comme un enfant vers une chaise, me fais asseoir, me caresses les joues.

Il me semble que cette femme dont la fille est morte aujourd'hui même, après avoir été renversée par une voiture à la hauteur du 118 boulevard des Italiens, m'embrasse longuement. Tu m'embrasses, comme une mère embrasse son enfant alors qu'elle ne l'avait pas vu depuis très longtemps, et puis qu'il est revenu, qu'il est là, et que la joie de le revoir tremble de la peine qu'il y a eu à vivre sans lui... Je sais que je vais revenir.

Il me faut vivre, pour toi. Voilà longtemps que cette femme me le dit sans le savoir, et sans un mot. Elle me donne bien plus que je ne peux lui rendre. Je ne peux lui redonner sa fille. Tu me regardes. Ta mère aussi me regarde.

Je comprends que tu as froid, qu'il fait nuit, que tu dors peut-être déjà à cette heure et que dans ton sommeil tu songes à ton père.

Je comprends grâce à ses yeux qui sont à quelques centimètres des miens que je ne peux pas la laisser, que je ne peux pas te laisser, toi, tes mains grosses comme deux de mes doigts, ta bouche de groseille, tes jambes tordues aux genoux encore trop gros, et tes sourires, ton infinie fragilité. Je ne peux pas vous laisser seules dans ce monde. J'essaye de lui sourire.

Je voudrais dormir. Je vais dormir. Quelle heure peut-il être maintenant ? La femme songe au corps de sa fille et moi aussi je viens vers sa fille qui n'a pas de visage, qui subitement a le tien, et je m'enfonce dans sa chaleur. Tu m'attires à toi, il faut que je croie en toi davantage encore, malgré ce sang qui continue de couler, que je croie en ta beauté, en ta force, en tes 9 kg 340, « non, *mon* papa, pas faim, pas faim *mon* papa ».

Non, ne t'arrête pas de me caresser. S'il vous plaît continuez, continuez si vous m'entendez encore. Il faut que je sorte de mon abandon, que je quitte à jamais ta mère. Il faut pour toi que je redevienne un homme, que je cesse d'être une ombre, une plainte, que je sois ton père, vraiment, enfin, et que la vie nous mène tous les deux dans la main l'un de l'autre, dans sa beauté et sa lenteur, que je te guide, que je te dise que tous les hommes laids dont je t'ai parlé seront morts quand tu auras vingt ans, qu'il y en aura d'autres, mais qu'ils seront meilleurs parce que tu seras là, je te le jure, meilleurs, et que je t'ai fait peur, et que je me suis fait peur en parlant ainsi, c'est tout, que ce n'était qu'un jeu, un jeu stupide, une fable, que j'ai tout inventé, les noms, les actes, les pensées et les paroles, que rien n'existe de tout cela, que nous sommes tous les deux seuls au monde, que bientôt tu auras deux ans, « deuzans, deuzans, *mon* papa », et qu'il faut que je te protège, que je t'apprenne le peu de grandeur que je sais, que je trouve les mots pour te le dire.

Ne vous arrêtez pas s'il vous plaît. Continuez à me parler, à apaiser mon front. Où suis-je vraiment désormais ? Je sens que l'on m'emporte, approche-toi de moi, non plus près encore, ne t'arrête pas, je suis bien, je vais mieux, je ne t'ai pas tout dit, je n'ai pas terminé. Il faut que je te voie grandir, devenir une jeune fille, une jeune fille qui à dix-sept ans soupirera après son premier amour, pleurera au lendemain de son premier amour. Il faut que tu sois la vivante et moi le vivant. Et il faut que plus tard tu me voies vieillir, m'affaisser, me voûter, aller dans les années et dans le temps jusqu'à devenir un très vieux monsieur, non, s'il vous plaît, déposez-moi, laissez-moi, il faut que je termine, que j'achève, oui, un très vieux monsieur, et qu'un jour, un jour lointain, ne dis rien, un jour, il faut que tu pleures ma mort, oui que tu la pleures cette mort, mais pas maintenant où tu ne saurais pas la pleurer, où cela pour toi ne voudrait rien dire, que tu la pleures plus tard cette mort, bien plus tard, très tard, très loin, au bout, tout au bout de ma vie.

Mais pas avant.

Je ferme les yeux.

DU MÊME AUTEUR

Aux Éditions Balland

MEUSE L'OUBLI, roman, 1999 (prix la Feuille d'or – Radio France Nancy-Lorraine, prix Erckmann-Chatrian).

QUELQUES-UNS DES CENT REGRETS, roman, 2000 (prix Marcel-Pagnol, prix Lucioles, 2001).

J'ABANDONNE, roman, 2000 (prix Roman France-Télévision, Folio n° 3784).

Chez d'autres éditeurs

LE CAFÉ DE L'EXCELSIOR, roman, illustré de cinq photographies de Jean-Michel Marchetti, *Éditions La Dragonne*, 1999.

BARRIO FLORES, PETITE CHRONIQUE DES OUBLIÉS, roman par nouvelles, illustré de six photographies de Jean-Michel Marchetti, *Éditions La Dragonne*, 2000.

AU REVOIR, MONSIEUR FRIANT, roman, *Éditions Philéas Fogg*, 2001.

POUR RICHARD BATO, récit, collection « Visible-lisible », *Ænrages & co*, 2001.

LE BRUIT DES TROUSSEAUX, récit, *Stock*, 2002.

NOS SI PROCHES ORIENTS, récit, *National Geographic*, 2002.

LA MORT DANS LE PAYSAGE, nouvelle illustrée d'une composition photographique de Nicolas Matula, *Ænrages & co*, 2002.

MIRHAELA, nouvelle illustrée de trois photographies de Richard Bato, avec un CD du texte lu par l'auteur, *Ænrages & co*, 2002.

CARNETS CUBAINS (hors commerce) *Éditions Librairies Initiales*, 2002.

À paraître :

LES PETITES MÉCANIQUES, nouvelles, *Mercure de France*, 2003.

COLLECTION FOLIO

Composition CMB Graphic
et impression Bussière Camedan Imprimeries
à Saint-Amand (Cher), le 19 novembre 2002.
Dépôt légal : novembre 2002.
Numéro d'imprimeur : 025160/1.
ISBN 2-07-041803-0./Imprimé en France.